饮一杯香茗

品一段红楼

潇妃燕 编

河海大学出版社

图书在版编目（CIP）数据

饮一杯香茗　品一段红楼 / 潇妃燕编. -- 南京：河海大学出版社，2019.4
ISBN 978-7-5630-5684-2

Ⅰ. ①饮… Ⅱ. ①潇… Ⅲ. ①《红楼梦》研究②茶文化－研究－中国 Ⅳ. ① I207.411 ② TS971.21

中国版本图书馆 CIP 数据核字（2018）第 260935 号

书　　名 / 饮一杯香茗　品一段红楼
书　　号 / ISBN 978-7-5630-5684-2
责任编辑 / 齐　岩　毛积孝
特约编辑 / 李　路　高　焕
封面设计 / 小　乔
版式设计 / 西橙工作室
出版发行 / 河海大学出版社
地　　址 / 南京市西康路 1 号（邮编：210098）
电　　话 /（025）83722833（营销部）
　　　　　/（025）83737852（总编室）
经　　销 / 全国新华书店
印　　刷 / 三河市元兴印务有限公司
开　　本 / 880 毫米 ×1230 毫米　1/32
印　　张 / 7.125
字　　数 / 121 千字
版　　次 / 2019 年 4 月第 1 版
印　　次 / 2019 年 4 月第 1 次印刷
定　　价 / 59.80 元

目录

第一章·从红楼品茶谈喝茶时间 / 001

第二章·从"千红一窟"谈泡茶水的讲究 / 013

第三章·枫露茶 / 021

第四章·《红楼梦》与中国古代茶事 / 035

第五章·从贾元春赏赐茶筅谈茶具 / 046

第六章·从红楼茶诗说古人与茶两三事 / 071

第七章·从暹罗茶说外国的"中国茶" / 088

第八章·从喝茶看红楼人物的性格 / 102

第九章·红楼中的三种茶 / 118

第十章·妙玉的茶杯 / 131

目录

第十一章·妙玉品茶与《七碗茶歌》/ 144

第十二章·从红楼斗茶追溯到古代斗茶与茶百戏 / 151

第十三章·红楼中为何没有紫砂壶 / 165

第十四章·红楼茶碗与各色官窑制品 / 173

第十五章·红楼茶盘以及历代名贵茶盘 / 189

第十六章·女儿茶与普洱茶 / 200

第十七章·从贾宝玉祭晴雯谈茶祭 / 212

第一章 从红楼品茶谈喝茶时间

茶，笔画很简单的一个字，但是其文化内涵却十分深厚。古人日常生活中最常说的两个词就是"吃饭"和"吃茶"。茶在日常生活中既普遍，也很重要，不止"茶"这个字重要，茶叶，也是生活中必不可少的一部分。茶叶中有丰富的蛋白质、茶多酚、茶碱等很多对人体有益的物质，喝茶是很流行的一种养生方式。除此之外，人们喝茶提神，文人墨客品茶、斗茶，都足以体现茶在我们生活中不可或缺的重要地位。

老百姓讲开门七件事，柴米油盐酱醋茶，而文人墨客则会雅致些，他们的七件事是"琴棋书画诗酒茶"。前面六件事情没有一件是相同的，却在第七件事情上取得了完美的统一，由此可见茶对我们的重要性。茶与中国人，就像是水和鱼的关系。我国的茶园面积居世界第一位,产量也居世界第一位,出口量居世界第三位,茶叶出口带动了我国的经济发展,促进了货物流通。

除此之外,茶在文化方面也有着举足轻重的作用。因为茶而衍生出来的茶道,也是茶文化的一种。茶文化还不止这些,古人爱茶,其中文人最甚,为此有了很多与茶有关的典籍、诗词、小说等。而《红楼梦》绝对是茶文化小说中的佼佼者,《红楼梦》中关于茶事的描写有260多处,堪称小说中的"茶经"。

《红楼梦》中写到了茶叶的选择、泡茶水的讲究,其中"栊翠庵品茶"这一章节更是将珍贵的茶具、高端的品茶方式,以及一些名茶的介绍,详细地罗列在我们面前。除此之外,其他章节中也介绍了很多茶文化知识,比如茶祭、茶礼、茶俗,还介绍了一些国外的茶,等等。

我们先从《红楼梦》第三回说起。第三回主要讲的是林黛玉因为母亲病逝,家里又没有兄弟姐妹,外祖母贾母心疼她,托人接她到荣国府跟贾府姐妹一处成长。文中以林黛玉的视角介绍了她进入贾府之后的所见所闻,比如贾府的建筑设计,贾府众人在林黛玉眼中的形象,以及他们的日常生活,等等。

林黛玉远道而来，又是贾母最喜欢的女儿贾敏的孩子，在贾母心中的分量自然不一般。贾府早早就为她准备了上好的茶果，然后亲人相见，想起死去的贾敏，一个个都是泪流满面。文中虽未具体写出准备了什么茶果，但是从贾母让林黛玉去拜访自己的两个舅舅时，文中那句"当下茶果已撤，贾母命两个老嬷嬷带黛玉去见两个舅舅去"可以想到，当时贾母与王熙凤等人与林黛玉叙旧的时候，一定是准备了丰富的茶果来招待的。

　　这里就提到了一种茶俗，就是以茶会客。不用说是贾府这样的诗礼之家，就是寻常人家，以茶会客也是最基本的待客之道。记得小时候，家里比较穷，买不起什么好东西，所以家里但凡是男客来访，就端上红茶或绿茶一杯，女客来访，就只能用白糖水和瓜子招待。现在条件好了，男客还是普通的红茶绿茶，女客则换成了小茶包或者牛奶之类，茶果也丰富了，会有水果、坚果以及小甜品等。

　　这是寻常人家的，再讲究些的，会用三道茶待客。所谓三道茶，就是客人来的时候先以茶会客，相谈甚欢的时候会拿出自己的好茶招待志趣相投的贵客，接下来便是留人吃饭，吃好饭之后还要请客人喝杯茶解解腻。

　　三道茶在吴江西南部的农村更讲究些，他们讲究先甜后咸再淡。

他们的头道茶叫饭糍干茶，一般用来招待贵客，或是第一次上门的新客及来访的亲戚。这是种不用茶叶的茶礼，只用饭糍干加糖冲上开水即成。饮用倒是十分方便，但制作饭糍干却挺费劲，不过也因此显示出此茶的礼重。据说饭糍干是这样制成的：先用饭铲铲些煮好的新糯米饭于锅底，使劲研磨米饭直到压成一层薄薄的米粉皮子，均匀地贴在锅底四周，待皮子边缘翘开，把它铲出，这便是饭糍干了。这活干起来是很累人的，即使在冬天，也会弄得满头大汗，并且还需有一个专人在灶下烧火，严格按照掌铲人的命令，控制好火旺火缓。开水冲泡好的饭糍干茶，实际上只是一种泡饭，但却如白云片片、梨花朵朵，满屋生香，软而不烂且香甜适宜。

　　第二道是熏豆茶，里面会有少许鲜嫩的茶叶加上被称作"茶里果"的佐料，品种繁多。最常见的是熏青豆，即采摘嫩绿的品种优良的黄豆，经剥、煮、淘、烘等多种工序加工而成，后再放入干燥器皿中贮藏备用。第二种是芝麻，一般选用颗粒饱满的白芝麻炒至芳香即可。第三种是紫苏，熏豆茶中所用的紫苏以野生为上。第四种为橙皮，或者九制陈皮。第五种是胡萝卜干。胡萝卜洗净切丝后有两种制法：一是以适量的盐生腌后晒干即成；另一种是煮熟后腌制，晾干。熏豆茶的主要佐料就是以上五种"茶里果"。这种茶就像是一道菜一样，所以在冲泡的时候当地人会根据自己的喜好再加一些辅料，比如青橄榄、扁尖笋干、香豆腐干、咸桂花、腌姜片等。但其中有个原则务必遵循，那就是所放的佐料既不能是腥膻油腻之物，也不能造成茶汤的浑浊。食用的时候先把所有的茶里果、辅料放好，最后放茶叶，然后用沸水冲泡，香气四溢，具有地方特色的第二道茶就算完成了。

最后一道是清茶，当地人又谦称为淡水茶。清茶者，茶叶与白开水也，这才是真正的茶。

有人这么说吴江三道茶：先吃泡饭，再喝汤，最后饮茶，与我们一般的饮食程序无异。

这是汉族的三道茶。白族的三道茶跟汉族的三道茶又有些区别，他们讲究头苦、二甜、三回味。其历史可以追溯到古代，唐代《蛮书》中就有记载：一千年前的南诏时期，白族就有了饮茶的习惯。明代的徐霞客来大理时，也被这种独特的礼俗所感动，他在游记中这样描述道："注茶为玩，初清茶，中盐茶，次蜜茶。"所谓"注茶为玩"，就是把饮茶作为一种品赏的艺术活动，也即后人所称的茶道。

白族人的第一道茶称之为"清苦之茶"，寓意"要立业，就要先吃苦"。熏豆茶是由主人在白族人堂屋里一年四季不灭的火塘上，

品一段红楼 饮一杯香茗

用小陶罐烧烤大理特产沱茶到黄而不焦、香气弥漫时，再冲入滚烫开水制成。此道茶以浓酽为佳，香味宜人。因白族人讲究"酒满敬人，茶满欺人"，所以这道茶只有小半杯，不以冲喝为目的，只以小口品啜，在舌尖上回味茶的苦凉清香为趣。寓清苦之意，代表的则是人生的苦境。人生之旅，举步维艰，创业之始，苦字当头。正如孟子所言："天将降大任于斯人也，必先苦其心志，劳其筋骨，饿其体肤，空乏其身，行拂乱其所为。"面对苦境，我们唯有学会忍耐并让岁月浸透在苦涩之中，才能慢慢品出茶的清香，体会出生活的原汁原味，从而对人生有一个深刻的认识。

第二道茶，称为"甜茶"，寓意"人生在世，做什么事只有吃得了苦，才会有香甜来"。甜茶是以大理特产乳扇、核桃仁和红糖为佐料，冲入清淡的大理名茶"感通茶"煎制的茶水制作而成。此茶甜而不腻，所用茶杯大若小碗，客人可以痛快地喝个够。寓苦去甜来之意，代表的是人生的甘境。经过困苦的煎熬和岁月的浸泡，奋斗时埋下的种子终于发芽、成长，最终硕果累累。这是对勤劳的肯定，也是付出所得到的回报。当我们在鸟语花香里、明月清辉下品尝甜美的果实，又怎能不感到生活的快意？

第三道茶，称为"回味茶"，是以蜂蜜加少许花椒、姜、桂皮为作料,冲"苍山雪绿茶"茶水煎制而成。此道茶甜中带有麻辣味,喝后回味无穷。因桂皮性辣,"辣"在白族中与"亲"谐音,而"姜"在白语中读"gǎo",有富贵之意,所以此道茶表达了宾主之间亲密无比的情感以及主人对客人的祝福,如恭喜发财,大富大贵。因集中了甜、苦、辣等味,又称"回味茶",代表的是人生的淡境。一个人的一生,要经历的事太多太多,有高低、有曲折、有平坦、有甘苦,也有诸如名利、权势、富贵荣华的诱惑。要做到"顺境不足喜,逆境不足忧",需要有淡泊的心胸和恢弘的气度。如果一味沉溺于成功或失败之中,把身外之物看得太重,太过于执着,就会作茧自缚,陷入生活的泥潭不能自拔,因而也会丧失了人生的许多乐趣。所以,这道茶清清楚楚地告诉我们:对于一些无关紧要的事,我们不妨看得轻些淡些,不要让生命承受那些完全可以抛弃的重负,只有这样,才能达到"宠辱不惊,闲看庭前花开花落;去留无意,漫随天外云卷云舒"的人生境界。

这便是三道茶的待客之道,这些古人遗留下来的茶文化,远比红楼中描写得更加细致。除了待客之道,《红楼梦》中还描述了贾府的饮茶习惯,原文如下:

饭毕,各有丫鬟用小茶盘捧上茶来。当日林家教女以惜福养身,每饭后必过片时方吃茶,不伤脾胃;今黛玉见了这里许多规矩,不似家中,也只得随和些,接了茶。又有人捧过漱盂来,黛玉也漱了口,又盥手毕。然后又捧上茶来,这方是吃的茶。

林黛玉第一次进贾府就发现了这里的规矩与家中不同,就从这饮茶习惯说起,贾府的习惯是吃过饭之后就直接漱口喝茶,而林家的习惯是吃过饭之后,稍等片刻再饮茶。在解释这两种不同的喝茶方式有什么不同的效果之前,我们先介绍下林家跟贾府的情况。先说说贾府,贾家的祖先是武将出身,林如海是这样介绍自己的大舅子的:

如海笑道:"若论舍亲,与尊兄犹系一家,乃荣公之孙。大内兄现袭一等将军之职,名赦,字恩侯。二内兄名政,字存周,现任工部员外郎,其为人谦恭厚道,大有祖父遗风,非膏粱轻薄之流。故弟致书烦托,则不但有污尊兄清操,即弟亦不屑为矣。"

不论是荣国公，还是宁国公，都是在马背上挣来的殊荣，他们是武将出身，常年征战在外，对于文采养生自然是没有那么讲究。他们知道饭后喝茶好，却不知道什么时候喝更好。

再说林黛玉家的家世背景。林家的背景，要从贾雨村被罢官，到处游历时说起。

那日偶又游至维扬地方，闻得今年盐政点的是林如海。这林如海姓林名海，表字如海，乃是前科的探花，今已升兰台寺大夫，本贯姑苏人氏，今钦点为巡盐御史，到任未久。原来这林如海之祖也曾袭过列侯的，今到如海，业经五世。起初只袭三世，因当今隆恩盛德，额外加恩，至如海之父又袭了一代，到了如海便从科第出身。

林家是绝对的书香门第，林如海又是探花，入列三甲。祖上也是书香门第，曾世袭爵位。林如海本身也是当之无愧的红楼学霸，三甲及第，殿试的第三名，那可真是万中选一，他又是巡盐御史、兰台寺大夫。巡盐御史就是代表朝廷监督管理地方盐务的，兰台寺大夫相当于秦汉间职掌纠察弹劾的御史大夫。当然，在明清的时候已经没有这个官职了，作者用这个职位，突出的不仅仅是林如海的家庭背景，还有他强大的知识储备量，他称得上是红楼中的第一才子。

不看别的，只看他的女儿林黛玉的才情为人，就能知道她父亲对她的教导。薛宝钗的诗词博古通今，以典故见长，她的储备量比较大。而林黛玉的诗词则有一种浑然天成的才气，以新意见长。一个是后天的努力，一个则是先天的才华，林黛玉的才华横溢得益于家中的文化环境。

再说回到喝茶养生这方面，这样书香门第的林家，自然是要比贾府在喝茶方面更胜一筹。饭后过一会儿喝茶更加养生，也体现了林家良好的家教。

不仅古人注重喝茶养生，现代人也很重视喝茶的养生作用。茶叶中含有大量的茶多酚、蛋白质、微量元素等成分，这些都对我们的身体有很大的帮助。第一个益处就是提神醒脑，西方人靠咖啡提神，而中国人早在他们之前就发现了茶叶具有很好的提神醒脑作用。其次是通肠排毒减脂，这对现代人来说也是很有必要的。除此之外，不同的茶类还有不同的功效，比如说抗癌、美容养颜等。

茶叶有这么多的好处，还要归功于一个人，那就是尝百草的神农。一次偶然的机会，神农发现了野生大茶树，他咀嚼了茶树的鲜叶之后，发现茶叶的好处很多，最显著的就是能够刺激神经，让人精神振奋不犯困，于是就把它记录了下来。说到神农尝百草，还有一个很有趣的传说。据说这个神农氏长得与普通人不一样，除了魁梧高大之外，最有意思的是他的肚子，他的肚子是水晶肚。什么叫作水晶肚呢？原来他的肚子跟水晶一样是透明的，他可以隔着肚子看到自己的五脏六腑，在尝百草的时候，他可以看到自己器官的变化，就会知道哪些药材对哪些病症有用。当然这只是个传说，无从取证，但茶叶的发现我们首先要感谢的是神农氏。

神农氏时期，茶叶仅被当作药材或者食物，是直接咀嚼鲜叶食用的，并不是饮品。直到后来才出现了煎煮、冲泡的做法，才变成了现在我们所喝的茶。关于喝茶养生，有人会问饭前喝茶好，还是饭后喝茶好？茶叶经过杀青、揉捻、烘干等步骤之后改变了其本质，增加了很多对人体有益的物质，但是也产生了一些对身体不利的物质。茶叶中含有大量的水和鞣酸，水会冲淡胃液，鞣酸会抑制胃酸的分泌，所以饭前喝茶会损害人的消化功能。

那么饭后喝茶呢？饭后喝茶可以起到消脂养生的功效，但是不建议饭后马上喝茶，因为饭后马上喝茶，食物中的营养成分还来不及分解就会被吸收掉，影响脾胃功能。

饭后一小时左右喝茶，不仅可以刮油水，而且食物的营养成分也已经被人体吸收了。这样身体不仅吸收了食物中的营养成分，也吸收了茶叶中的营养成分，更能起到喝茶养生的作用。

怎样选择适合自己的茶？除了红茶与黑茶之外，其他的茶都是凉性的，女性需谨慎选择。除了从事体力劳动的人之外，其他人尽量不要选择浓茶，浓茶有提神醒脑的作用，体力劳动者因为体力透支，容易疲劳，所以适合他们。但是普通人还是选择淡茶好，浓茶中的咖啡因量大会让人精神兴奋，容易失眠。绿茶适合在上午正阳时冲泡饮用，有养生功效；黄茶有抗癌的功效，相对来说更加适合中老年人。对于年轻女士来说，黑茶更加适合她们，普洱是不错的选择，晚饭后来一杯普洱，减肥美容又养颜。

第二章 从「千红一窟」谈泡茶水的讲究

通过上一章，我们对"三道茶"有了初步的认识，通过贾家以及林家不同的饮茶习惯，人们可以明白何时喝茶才是比较养生的。接下来，就开始跟大家交流一下曹雪芹如何描写选择泡茶的水。一杯茶的好坏，取决于水的好坏。有这么两句话生动地表现了茶与水的密切关系，一句是"器为茶之父，水为茶之母"，什么意思呢？就是说一个好的合适的器具，一杯合适的清澈的泡茶水，决定了一杯茶的等级，好茶应配好水好杯。还有一句更加简单明了，"十分的茶叶配八分的水，只能泡出八分的茶"，这里的十分八分不是指刻度，而是茶叶与水的档次。水选择不好，再好的茶艺和茶叶，泡出来的茶档次也不高。

关于水的选择，《红楼梦》第五回就已经

品一段红楼 饮一杯香茗

有了一些简短的介绍。第五回讲的是贾宝玉跟着贾母等人去宁国府玩，下午的时候宝玉玩累了，就到他的侄媳妇秦可卿的房中睡觉。睡得迷迷糊糊的时候，就在梦里遇到了一个叫作警幻仙子的人。熟悉《红楼梦》的朋友都知道，贾宝玉的前世是神瑛侍者，而这个神瑛侍者与警幻仙子关系密切，文中是这么介绍的：

只因当年这个石头娲皇未用，自己却也落得逍遥自在，各处去游玩。一日来到警幻仙子处，那仙子知他有些来历，因留他在赤霞宫中，名他为赤霞宫神瑛侍者。

这话交代得明白，神瑛侍者就是当年女娲补天留下的石头，在游历的时候来到了警幻仙子的太虚幻境。仙子见他有些来历就留下了，在赤霞宫中成了神瑛侍者，变成了自己的下属。后来他又想去下凡历练，就将他送到了贾府中，成了衔玉而生的贾宝玉。此番在梦里可以说是上下级的又一次碰面，警幻仙子自然是知道其中缘由的，对贾宝玉就更加热情了。

警幻仙子不仅让宝玉去看金陵十二钗正册、副册、又副册，还准备了美丽的歌舞和人间没有的美味佳肴，甚至把自己的妹妹可卿都送给了他，贾宝玉就在梦中尝过了云雨的滋味，这是此章节的大致内容。除了描写揭示金陵十二钗等人命运的诗词之外，此章节也杜撰了一下天上独有的茶"千红一窟"（千红一哭）和酒"万艳同杯"（万艳同悲）。其中介绍了茶和酒的原料与制作过程，关于茶，书上是这样写的：

> 警幻道："此茶出在放春山遣香洞，又以仙花灵叶上所带的宿露烹了，名曰'千红一窟'。"

很有趣的介绍，说这个茶是放春山遣香洞里的，怎么听着都跟"女人"二字脱不了关系。再说这煮茶的水是哪里来的，其实那是仙花灵叶上的露水烹煮的。这是天水中的天水，珍贵异常。这茶的名字也很耐人寻味，叫作千红一窟（哭），那便是美人们的眼泪呀。原来贾宝玉认为最好喝的茶便是女人的眼泪，当然这只是为了结合故事发展杜撰出来的。但是从警幻仙子选择水的角度看，古人真的很喜欢用无根水，即天上的水来泡茶。

无独有偶，天上的警幻仙子选择的是仙花灵叶上的水，那么栊翠庵的妙玉，她的好茶配的又是什么水呢？她给贾母等人泡茶时用的是旧年蠲的雨水，这是她日常用来招待宾客，或者是平时自己饮茶时用的水，所以也没特别说明是哪里的雨水。但是在宝黛钗喝体己茶的时候，她就着重介绍了这款五年前的雪水：

> 妙玉冷笑道："你这么个人，竟是大俗人，连水也尝不出来！这是五年前我在玄墓蟠香寺住着，收的梅花上的雪，统共得了那一鬼脸青的花瓮一瓮，总舍不得吃，埋在地下，今年夏天才开了。我只吃过一回，这是第二回了。你怎么尝不出来？隔年蠲的雨水，那有这样清浮？如何吃得！"

看看，不过就是喝一杯茶，要用五年的时间来准备泡茶的水，这是有多讲究。当然妙玉不是唯一一个这么讲究用水的人，古代人对于泡茶用的水一直很讲究，比如明代张大复的《梅花草堂笔谈》中就有这样的描述："茶性必发于水，八分之茶，遇十分之水，茶亦十分矣；八分之水，试十分之茶，茶只八分耳。"由此可见水对茶的重要性，茶发于水，水乃茶之母。

唐代茶圣陆羽曾经在《茶经》这样论述泡茶水："其水，用山水上,江水中,井水下。其山水,拣乳泉、石池漫流者上。"说明专业泡茶水应是钟乳石滴下的泉水汇集石池漫流而出的乳泉水。泡茶水要求水质清、活、轻、甘、洌,分子团小,这样的水渗透力强,浸出溶解率高,有利于茶叶中有益物质的溶出。乳泉水才是专业的泡茶水。

那么什么叫作清、活、轻、甘、洌呢?

清,就是要求无色透明,无沉淀物。这是最基本的要求,也是一种常识。如果水质不清,古人也想方设法使之变清。

活,有了"清"作为前提,古人还要求水要"活"。所谓活是指流动的水。苏东坡在《汲江煎茶》中写过,在月色朦胧中用大瓢将江水取来,当夜使用活火烹饮,方能煎得好茶,真是经验之谈。

轻,这是古人的一种标准。现代科学中,运用化学分析的方法,将每升含有80毫克以上钙镁离子的水称为硬水,不到80毫克的称为软水,硬水重于软水。实验证明,用软水泡茶,色香味俱佳;用硬水泡茶,则茶汤变色,香味也大为逊色。

甘,水是用来喝的,最终要求还是要有滋味。宋代诗人杨万里有"下山汲井得甘冷"之句,可谓一言知之。古人品水味,尤推崇甘冷或甘洌。所谓甘就是水一入口,舌与两颊之间就会产生甜滋滋

017

品一段红楼 饮一杯香茗

的感觉，凡水泉甘者能助茶味。

　　冽，就是冷、寒。古人认为寒冷的水，尤其是冰水、雪水，滋味最佳。这个看法也自有依据，水在结晶过程中，杂质下沉，结晶的冰相对而言比较纯净。至于雪水，更为宝贵。现代科学证明，自然界中的水，只有雪水、雨水才是纯轻水，适于泡茶。

　　根据这些评判标准，我们不难得出结论，水里面最好的当属泉水。一般来说，在天然水中，泉水是比较清爽的，杂质少，透明度高，污染少且水质最好。古人推崇雪水、露水、雨水这些天水，那是因为古人认为这些水都是天泉，是泉水中最好的一种水，也是泡茶的第一等水。他们喜欢用荷花上的露水、梅花松针上的雪水，这些水与品质高洁的花草树木有关，用此水泡茶不仅彰显自己的君子身份，而且带有植物的清香，更加沁人心脾。且这种水一定不能是当年的，最次也要是一年前的，要是讲究些的，那就是五六年前甚至更久的。

　　雪水、露水、雨水的采集也是有一定讲究的，既然是天水就不能让它落到地上。以梅花上的雪水为例，古人采集雪水那绝对是要花大功夫的。首先，当年第一场雪的雪水不能用，他们觉得那样的水脏了，必须是第二场或者以后的雪才能收集。而且表面上的那一层也不能要，要贴近梅花的那一层雪，这样的水才更清澈，而且会带有梅花的香气。

　　将雪水采集好之后，就用坛子密封埋藏在树下，古人会根据自己的喜好以及当地的环境，决定选择哪种特性的植物。等到这个雪水沉淀了一阵子之后，里面的杂质、灰尘等都沉淀到底下，过些年就开始启用。用的时候也不是将所有的水都倒出来，而是将最上面的一层撇掉，因为他们觉得第一层会有杂质。底部的一层也不要，那是所有脏东西的聚集地，万万要不得，只要中间那一层，才是最清澈甘甜的。

　　泡茶的第二等水是江水，其实泉水、江水、溪水、河水没有什么太大的差别，都属于常年流动的水。不同的是，江河溪这些水都是流向四面八方的，也就是说这些水是流出来的水，而泉水是被控制在一定范围之内的流动水，是流不出来的水。流出来的水更加容易受到污染，记得贾宝玉那时候捡落花，想把这些落花放到水里让其自由漂流的时候，林黛玉就说不好，原文如下：

　　　　黛玉道："撂在水里不好，你看这里的水干净，只一流出去，有人家的地方儿什么没有？仍旧把花糟蹋了。那畸角儿上我有一个花冢，如今把它扫了，装在这绢袋里，埋在那里，日久随土化了，岂不干净。"

由此不难看出古人在水的选择上也是有洁癖的。以前的人喜欢在河里洗衣服、洗东西，所以这样的水难以保持干净，由此溪水、河水、江水自然是要比山泉水、雪水、雨水、露水等低一个等级。

第三等的水是井水。井水属地下水，是否适宜泡茶，不可一概而论。有些井水，水质甘美，是泡茶好水，如北京故宫博物院文华殿东传心殿内的大庖井，曾经是皇宫里的重要饮水来源。但是并不是所有的井水都有这么好的质地，一般的井水都会带有一些咸涩的味道，这种水用来泡茶很容易影响茶的口感，所以排在第三等。

最低等的要属自来水、桶装水、矿泉水、纯净水这些。自来水是其中唯一的流动水，但都是经过人工净化、消毒处理过的江河水或湖水。凡达到我国卫生部制定的饮用水卫生标准的自来水，都适用于泡茶。但有时自来水中用过量氯化物消毒，气味很重，用之泡茶，严重影响茶的品质。至于其他超市里看到的各种纯净水、矿泉水、矿物质水等这些经过处理的水，是死水，这样的水会影响茶叶的口感，所以不适宜使用。

第三章 枫露茶

红楼与茶联系密切,茶文化的描写是《红楼梦》的点睛之笔。曹雪芹爱茶,更爱茶文化,所以每每写到动情之处,就会不经意地写到茶文化。他在书中介绍茶文化、喝茶礼仪以及茶具,通过主人公们,将自己喜欢的茶一一展现出来,可爱却也有些可恶。因为他总是犹抱琵琶半遮面,介绍他喜欢的茶,却又要让你猜这是款什么茶。

比如在小说的第八回中,他写出了一款很神奇的茶,叫作枫露茶。这茶的谐音就是"逢怒"。怎么解释呢?就是说因为这茶,让兴致勃勃想着要品茶的贾宝玉怒了,因为他怒了,小事化大,最后害得他房里的丫鬟茜雪离开了大观园。

结合故事来看,这并不是一款吉利的茶,

品一段红楼 饮一杯香茗

这款茶也是这一回故事的转折点。我们先结合故事情节看看，在第八回中究竟发生了些什么事情。这一回用了大量笔墨写了宝黛兄妹去薛姨妈家做客的事情，先是贾宝玉到宝钗家玩，看到了宝钗的金锁。然后林黛玉来了，兄妹二人就在薛姨妈家吃了饭，也喝了酒。酒足饭饱后，两人乐呵呵地回去了。回家的时候贾宝玉心情大好，要写字，要喝茶，就在喝茶的时候发现自己的枫露茶被奶妈喝了，心里不大爽，闹出了个小风波。

这就是第八回的大致内容，可以说这款枫露茶在本回中起着至关重要的作用，因为它，宝玉怒了，茜雪走了。但是对于这款茶，曹雪芹却又是那么轻描淡写，书中是这样描绘的：

> 正说着，茜雪捧上茶来。宝玉还让："林妹妹喝茶。"众人笑道："林姑娘早走了，还让呢。"宝玉吃了半盏，忽又想起早晨的茶来，问茜雪道："早起沏了碗枫露茶，我说过那茶是三四次后才出色，这会子怎么又斟上这个茶来？"

曹雪芹没有写这款茶怎么金贵，贾宝玉怎么喜欢，可就是这寥寥数语却将枫露茶的奇妙之处与贾宝玉的喜爱写尽了。这款茶的特点是不怕冲泡，大多数茶都是越泡越淡的，这款茶却是越泡越浓，多泡几遍才能出色。而宝玉也没说自己有多喜欢这款茶，只是告诉你，这茶是白天的时候就备下了，晚上才打算喝的，一款能够让宝二爷惦记一天的茶，他怎么能不喜欢呢？

那么这款宝二爷如此喜爱的茶究竟是什么茶？我们结合着这款茶的特点，再根据书中的提示寻找看看。在揭晓答案之前，我们先看看茶的品种到底有哪些。茶是一个宽泛的概念，要细致了说，何止一本书能够说完的，光绿茶类的就有千百种，什么龙井、毛峰、碧螺春、猴魁等等，就是说个几天几夜也说不完的。我们根据茶的特点，将茶归成六大类来介绍。所谓的六大类茶，即绿茶、红茶、白茶、黑茶、黄茶、青茶（乌龙茶）。

我们先大致了解下六大类茶的各自特点。

先从人们最熟悉的红茶和绿茶说起。先说说绿茶，我们除了喝茶之外，在泡茶时，还可以观赏茶叶。看着叶片在杯子中绽放，翩翩起舞，这也是一种视觉享受。绿茶就是茶类中的"小鲜肉"，就像是我们的青春年华一般，一去不复返，想留也留不住。所以绿茶一般都是一年喝完，隔年就不好了，不像黑茶、老白茶之类的越陈越香。绿茶的基本特点就是鲜、嫩、美,这是六大类茶里面最新鲜的一类茶,是茶中的颜值代表。

除此之外,绿茶的汤色特点是"绿叶清汤"。绿茶按杀青的受热方式划分,可分为炒青、烘青、晒青和蒸青绿茶;按形状分,有条形、圆形、扁形、片形、针形、卷曲形等等;按香气划分,则有豆香型、板栗香型、花香型和鲜爽的毫香型,其滋味鲜爽、回甘、浓醇,具有收敛性。

绿茶鲜嫩的特点也决定了它的冲泡水温,冲泡绿茶的水温一般在80~85℃之间,在所有的茶类中是最低的。具体的茶叶,有具体的投茶方式,投茶方式一共有三种:上投法(即温杯后直接将茶叶投放到杯中,然后注入水,比如龙井);中投法(即温杯后先在杯中注入三分之一的水,然后投放茶叶,之后再将杯中的水注满,比如毛峰、猴魁等);下投法(即温杯后直接在杯中注满水,然后再将茶叶投放进杯子中,如碧螺春)。需要解释一下的是,这里提到的任何"满杯""注满"之类的词语,并不是十分满。古人云"七分茶,三分情",所以茶艺中满杯不是全满,而是只有七分满。

再说说绿茶的储存方式,因为其鲜嫩的特点,所以绿茶与其他茶类的储存方式也有不同。在夏天的时候需要放在冰箱中冷藏,因为它的工艺简单，品质鲜嫩，在炎炎夏日中很容易出现发霉腐败等现象，所以需要低温保存。当然每种茶叶都可以放在冰箱储存以延长其寿命。

绿茶有很多比较有名的品种，如龙井、碧螺春、信阳毛尖、六安瓜片、安吉白茶、太平猴魁、黄山毛峰、开化龙顶等等。

说完绿茶，我们再来说说红茶。两者从外形上看就一目了然，绿茶青翠，红茶暗红。两者在作用上也有差别，绿茶是清热明目的，含有的茶多酚也是最多的，提神醒脑当属绿茶。绿茶是凉性的，伤胃，所以它的受众人群也是有限的。脾胃不好、体寒者，尤其是女性就不大适合绿茶。而红茶就成了女性的福音，因其是深发酵或全发酵茶，性温、暖胃、美容护肤、抗衰老，适合女性饮用。而且它的汤色红稠明亮，茶香浓郁，"红汤红叶"。同时红茶也是一款全球性的茶，英国人在中国茶艺的基础上，将红碎茶加入他们的牛奶中，发明了奶茶，又叫作英式下午茶。

红茶的冲泡温度在 90~100℃之间，可以直接将红茶冲泡饮用，也可以加入牛奶和糖制作成奶茶。红茶清饮，可以多冲泡几次，绿茶则最多三杯，三杯之后就不再是茶了，而是只有茶香的水。红茶可以适当根据自己的口味多冲泡几杯，但是不管什么茶，六七杯之后就不要再冲泡了，之后的都是水了，没有茶味。六大类茶除绿茶外，建议其他的茶在喝之前先洗茶或者醒茶，即第一杯出汤倒掉，从第二杯开始饮用。

红茶中的典型代表有：正山小种、烟小种、祁红（安徽祁门）、滇红（云南）、川红（四川宜宾）、英红（广东英德）。

接下来介绍白茶。白茶气味清香，汤色黄亮明净，毫香显著，滋味鲜醇，叶底嫩匀，味道清淡。其实新鲜的白茶跟绿茶有很多相似的地方，比如都很清香，令人心旷神怡，汤色也有些相似，茶叶在水中的形态是极漂亮的。但是绿茶喝着喝着就会有些苦涩，然后才是回甘，而白茶喝起来就像水一样没有味道，细细品味之后才满口留香。

白茶的名称来源于它的"三白"，即一片嫩芽和两片嫩叶满披白色茸毛。当然这是新鲜的白茶，老白茶的话，就有些类似于普洱茶饼了，都是越陈越香，价值也越高。总的来说，白茶外形毫心肥壮，叶张肥嫩，叶态自然伸展，叶缘垂卷，芽叶连枝，毫心银白，叶色呈灰绿或者铁青色。

白茶的冲泡要分新茶还是老白茶，新茶的冲泡与绿茶相同，选择器具也类似，可以选择玻璃杯，观察茶叶在水中的形态，这是一种视觉与味觉的享受。冲泡老白茶，水温就要比新茶高一些，水要为沸腾之态。白茶性寒凉，与绿茶一样适合在夏天饮用，容易发汗，有利于冬病夏治，是很不错的一款茶。

说完白茶，再说说黑茶。绿茶红茶、白茶黑茶，两组很相似的对比，都是颜色不同、性质相反的。黑茶可以说是肥胖者的福音，它是所有茶类里最能够消脂减肥的一款茶。同时，黑茶也是行走的历史，不同于绿茶，黑茶讲究的是越陈越香，尤其是普洱，新茶是不能食用的，至少要等一年。年限不久的黑茶会有一种类似发霉的说不出来的怪异味道。而陈茶的味道会越来越淡，茶香越来越浓。而且陈茶因为日积月累的沉淀，已经改变了一些茶的特性，变得更加温和，对人体也更有益处。

相对其他的茶，黑茶的制作工艺显得更加繁琐，所以出汤比较慢，需要多泡几遍才能够将其茶香与茶汤逼出来。黑茶汤色橙黄带红，干茶和叶底都呈暗褐色，根据外形分为散茶和紧压茶等，有饼的、砖的、陀的和条的，香型有陈香和樟香等。黑茶中的六堡茶有松木烟味和槟榔味，汤色深红透亮，滋味醇厚回甘，是一款适合在冬季饮用的茶。

黑茶需要很高的水温冲泡，冲泡的水需要用沸水，洗茶两到三遍才能慢慢出色，所以这是一款适合煮的茶。它最适合的器具是紫砂壶，因为紫砂壶可以吸附一些黑茶中不大好的特有的味道，使得茶叶更为香醇。如果你在买茶的时候，有人拿紫砂壶给你泡茶，那么这款茶的滋味你就要好好想想了，可能你买回去之后跟你现在喝到的就不是一样的味道了。

黑茶的典型代表有：湖南黑毛茶、湖北老青茶、广西六堡茶、云南普洱茶和四川边茶。

黄茶是茶类中的抗癌专家，性凉，清热解毒，适合夏季饮用。与绿茶相比，黄茶在干燥前或后增加了一道"闷黄"的工序，因此香气更纯，滋味也更醇。黄茶的基本特点为"黄汤黄叶"，汤色黄亮，滋味醇厚回甘，又分黄芽茶、黄小茶和黄大茶。

黄茶相比于黑茶、老白茶也是较为鲜嫩的，在茶类中属于中间阶段，就如同是中年一般，既不是很新鲜，也不是陈年茶，所以它的冲泡温度在90℃左右即可。

黄茶的典型代表有：君山银针、霍山黄芽。

最后说说青茶（乌龙茶）。乌龙茶分为浓香型与清香型，这个看工艺制作就知道，乌龙茶就是香香公主，十里飘香大概说的就是这款茶了。乌龙茶茶香四溢，但是它的口味是比较清淡的，清香型的乌龙茶相比浓香型的乌龙茶回甘更持久。乌龙茶也是一款减肥美容的女人茶，适合在秋冬季节饮用。

青茶基本上又可分为四大派别：闽北武夷岩茶、闽南铁观音、广东单丛和台湾乌龙。传统工艺讲究金黄靓汤，绿叶红镶边，三红七绿发酵程度，总体特点是香醇浓滑且耐冲泡；而新工艺讲究清新自然，形色翠绿，高香悠长且鲜爽甘厚，但不耐冲泡，如铁观音。

闽北的武夷岩茶和其他各类青茶相比，有较大的差异，主要是岩茶后期的碳焙程度较重。武夷岩茶色泽乌润，汤色红橙明亮，有较重的火香或者焦炭味，口味较重，但花香浓郁，回甘持久，如大红袍，在火味中透着纯天然的花香，是十分难得的。青茶的香型较多，一般为花香、果香等。

铁观音的特点是兰花香馥郁，滋味醇滑回甘，观音韵明显；广东单丛的特点是香高味浓，非常耐冲泡，回甘持久；台湾乌龙则口感醇爽，花香浓郁，清新自然。

乌龙茶的冲泡方式与黑茶相似，需要很高的水温，沸腾，这样煮茶的效果更好。

乌龙茶的典型代表有：茗皇茶、大红袍、水仙、肉桂、铁观音、单丛、台湾高山乌龙、冻顶乌龙等。

品一段红楼 饮一杯香茗

传统茶类大致讲完了，当然还有加工类茶，比如花茶，有单种的花茶，如玫瑰花、茉莉花、金银花等等，也有花与茶结合的，如茉莉银毫、碧潭飘雪（碧螺春加茉莉）、玫瑰红茶等等。加工类茶还有果茶、罐罐茶、保健茶（似茶非茶类）等等，这里就不一一介绍了。想补充的一点是，茶的温度高则茶香浓、茶味淡，以上说的泡茶的水温是综合每款茶之后找到的一个更适合其的冲泡方式，其他的可根据自己的喜好，在水温跟投茶量上作增减。

对茶叶有了一些基本的了解之后，我们回到《红楼梦》中看看这款枫露茶，曹雪芹在书中短短几句话，给我们总结出来枫露茶的特点，即这是一款冲泡三四遍之后才会出色的茶。根据这个特点，人们总结出了以下四种解释。

一、"枫露"为"逢怒"的谐音，引出后文宝玉与其乳母的冲突。

二、因第八回提到枫露茶与千红一窟遥映，枫叶色红，秋露着之，点点滴滴皆成血泪，以呼应日后宝玉祭晴雯时，提到的"枫露之茗"，用来再示血泪之悲。

三、枫露茶为枫露点茶的简称。枫露制法，取香枫之嫩叶，入甑蒸之，滴取其露。清朝顾仲在《养小录·诸花露》中记载："仿烧酒锡甑、木桶减小样，制一具，蒸诸香露。凡诸花及诸叶香者，俱可蒸露，入汤代茶，种种益人，入酒增味，调汁制饵，无所不宜……"将枫露点入茶汤中，即成枫露茶。

四、枫露茶恐怕不是绿茶，倘若是绿茶，泡了一天，到了晚上才吃岂不乏味了，又怎么能饮呢？所以，这枫露茶有可能是红茶一类，否则也不会说"三四次后才出色"。

根据这几种解释，再结合当时的情节和各类茶的特点，最后总结出来的一种说法就是，这是一款白茶，而且这款枫露茶可能就是白茶中的白毫银针。这个说法我并不是很赞同，结合书中的文字看，这个情节发生在冬季，所以有了宝钗劝贾宝玉温酒喝，有了晴雯说研墨冻手，还抱怨宝玉研墨了也不写几个字。宝黛兄妹二人回家的时候下雪了，有了林黛玉给贾宝玉穿斗笠的情节，因为丫鬟笨手笨脚的，宝玉看不上，林黛玉才亲自动手的。季节决定喝茶的类别，白茶适合在夏天饮用，且清热解毒又发汗。白茶性凉，丫鬟们怎么会在冬天给贾宝玉喝白茶呢？

就算丫鬟们不知道这些知识，但是贾宝玉不会不知道的，他不喜欢正经书籍，却喜欢看别的书。这一回中，薛宝钗的话也验证了这一点：

品一段红楼 饮一杯香茗

宝钗笑道:"宝兄弟,亏你每日家杂学旁收的,难道就不知道酒性最热,要热吃下去,发散的就快;要冷吃下去,便凝结在内。拿五脏去暖它,岂不受害?从此还不改了呢,快别吃那冷的了。"

这话一言就点出了贾宝玉的知识是非常庞杂的,不然他也不可能知道枫露茶要泡三四遍之后才能出色。他既然知道这款茶的冲泡方法,那也必然知道如果枫露茶是白茶的话,就不适合在冬季饮用。他连胡庸医乱用虎狼药都知道,不会不知道这白茶不适合在冬季饮用,也不会拿自己的健康开玩笑,所以枫露茶是白茶的可能性微乎其微。

现在我们回到四条说法重新推测一下,第一个说法是结合文章情节而说的,说的是枫露茶这个名字的含义,没有说到茶性,因此我们可以不用看这个。直接往下看其他三条,第二条、第三条其实说的也有一些联系,第二条结合文中的情节,枫叶是红色的,象征血,露水即泪水,用这两个事物形成血泪,预示茜雪、晴雯、林黛玉等一干人的悲惨结局。第二条提出的是这两个物体,而第三条则是制作工艺:枫露制法,取香枫之嫩叶,入甑蒸之,滴取其露。这里面的制作工艺是把枫叶的嫩芽蒸了，最后蒸出来的水蒸气，也就是将蒸馏水取出来之后，将其入汤代茶，可以入酒增味，类似一种调味剂。

接着是第四条，直接推出了这款茶肯定不是绿茶，应该是红茶一类。其实出汤慢的也不一定只有白茶，还有黑茶和乌龙茶。再结合贾宝玉的喜好，他喜欢女孩子，喜欢花，平时没事就喜欢自己在家制作胭脂。他也喜欢香味，花香、药香都是喜欢的，自然也是喜欢茶香的。而乌龙茶是所有茶类中茶香味最浓烈的一款茶，可以说是茶香四溢，倒也是符合了贾宝玉的心性。

而且乌龙茶与黑茶都需要高温泡制，因其制作工艺的关系，它们的出汤也是比较慢的，再结合茶性来说，乌龙茶与红茶、黑茶更适合在秋冬季节饮用。贾宝玉这样的富贵公子，自然也是知道这些基本常识的。所以相比白茶来说，枫露茶属于乌龙茶的可能性更高。乌龙茶中也确实有几款武夷岩茶要三四遍之后才能出汤色。

虽然枫露茶到底是用什么材料制作的无从得知，现在这么多的茶中究竟有没有一款茶的原型就是枫露茶也有待考证，但是从文中的表述，结合当时的一些场景，再结合六大类茶的制作工艺及其特性来看，枫露茶是乌龙茶类中的某一款武夷岩茶的可能性，要比是白茶的可能性高出许多。

　　根据贾宝玉爱香的特点，是枫露茶可能性比较高的应为武夷岩茶中的某一款。但如果结合季节特征以及养生来说的话，黑茶的可能性就比较高了。故事发生的季节是冬季，冬季最适合饮用的茶类是红茶以及黑茶，这两个茶类相比较而言，黑茶的汤色时间要比红茶更为长久。而且从姐妹们抽花签的情节可以看出，在贾宝玉的房中是有黑茶的，那天他们曾经给守门的妈妈们提供了普洱。

　　黑茶在养生、减肥方面的效果，相比其他茶类来说更加显著。贾府上下日日锦衣玉食，想要养生保持身材的话，就只能通过平时的吃喝来控制了，而喝茶无疑就是最有效的减肥方式。再结合当时的季节，宝玉饮的枫露茶是黑茶的可能性也是很高的。

　　凭借以上的推断，枫露茶不是绿茶，绿茶也不可能要三四遍才出汤色，再结合当时的季节，以及宝玉的一些喜好，个人觉得枫露茶是武夷岩茶或者是黑茶的可能性很大。

第四章 《红楼梦》与中国古代茶事

有人曾经这样评价过《红楼梦》，说这是一部小说的百科全书，也是古代生活的一部百科全书。曹雪芹在写家长里短的同时，将文章上升到了文学的高度，使其成为了一部著作，并且位列中国四大名著之一。《红楼梦》的文学价值暂且不论，先看看书中揭秘的一些古代生活的谜团，比如那时候人们是没有牙刷和牙膏的，那他们是怎么刷牙的呢？还是根本不刷牙呢？从书中我们能找到答案，古人那时候比我们还讲究，不仅刷牙，而且很懂得养生，用的东西都是纯天然的，我们用牙膏，他们用的是盐，美白消炎天然。还有人认为那时的女孩都没有化妆品，那就错了，她们用的也都是纯天然的化妆品，自己用花制作胭脂水粉，纯天然手工制作。没有指甲油也没关系，她们会用凤仙花染指甲，天然无公害，而且此花还有祛除蚊虫的功效，一举两得。没有牙膏和牙刷也没关系，他们会用茶漱口。从林黛玉进府的时候，我们就知道贾府中人，或者说是古人饭后都有喝茶的习惯，而且比我们还讲究，要先漱口然后才喝茶。

所以，即使那个年代没有高科技，没有保健品，没有化妆品，也难不倒聪明的古人，他们可以利用身边的东西解决当下的问题。夏天太热，他们用冰块降温，房间里有味道，就用天然的植物做香料，熏香驱蚊一举两得。

古人的智慧一直沿用到了今日，在《红楼梦》中，作者更是借着主人公们的日常生活，将古代的茶文化知识一一告诉了我们。前面的论述都充分说明了一点，即茶在古人养生方面的重要性。这里我们再拓展一下，看看古人提出的四季养生是如何配合着茶进行的。首先古人认为一年四季是对应五行的，春属木、夏属火、秋属金、冬属水。而五行又对应着五脏，即木对应着肝，春天容易肝火旺盛，所以春季养生注重的是疏肝理气、清热明目。春天又是万物复苏的季节，草木在发芽，我们选择的茶叶应该也是散发着香气的。春天最适合喝的茶就是花茶，这里的花茶指纯花茶，比如玫瑰、金银花、合欢花，还可配着传统茶中的花茶，比如茉莉银毫、玫瑰红茶。

夏季火旺，直接对应着心火旺盛，需要的是清火解毒。所以夏天最适合的茶就是绿茶、白茶、黄茶，这些都是清火的良茶。尤其是在炎炎夏日的正午时分，配上一杯香郁芬芳的绿茶，养生品茗，好不舒畅。

秋天，是润肺理气的时候，这时候就要生津养肺，乌龙茶就是最好的选择。一杯香气四溢的乌龙茶，配上清甜可口的冰糖炖雪梨，简直没有什么能比这个更适合在秋天食用了。王一贴也曾经给过贾宝玉一个方子，专门治疗女人妒忌的，叫作疗妒汤，材料就是用的冰糖和梨。乌龙茶、雪梨配冰糖，秋天绝对是女人润肺的季节。

到了冬天，那就是蓄阳的季节，补肾培元，所以冬令进补有膏方，有羊汤，各种滋补配方都在冬天。而对于茶而言，红茶与黑茶是最适合在冬天饮用的，温和减脂，能温暖一个冬天。

《红楼梦》中有很多跟茶有关的情节与诗句，讲到对于茶叶的冲泡就在第八回，虽然只有寥寥数笔，但也讲出了贾宝玉对于茶叶冲泡的讲究。如果说枫露点入茶汤中的这种说法成立，那么这样的茶就不是传统的茶，可能就属于花茶或者是工艺茶一类的了。

品一段红楼

饮一杯香茗

说起花茶、工艺茶一类，那么就不得不提几款家喻户晓的茶了。首先是享誉国际的茉莉银毫，这款将茉莉花与绿茶完美结合的花茶，之所以会以现在这样的形式出现在人们的面前，还有一个很有趣的演变过程。

茉莉银毫是它的学名，是根据其两款材料的名字结合命名的，但其实它在文学上还有一个更雅致的名字，叫作茉莉香片。喜欢张爱玲的读者有没有觉得这个名字很熟悉？张爱玲曾经有一篇小说就是这个名字，那是一个悲惨的故事，整个故事的基调就像是茉莉香片一样花香满屋，内里却浸透着苦涩，让人久久不能忘怀。张爱玲似乎很喜欢用物件给自己的小说命名，与之类似的还有《沉香屑》《金锁记》等等。

小说《茉莉香片》是悲情的，令人心痛却又有些欲哭无泪。但是茉莉香片作为茶叶来讲，却是一款令人喜爱的茶。西汉陆贾在《南越行记》中记载：

> 南越之境，五谷无味，百花不香。此二花（指耶悉茗花、茉莉花）特芳香者，缘自胡国移至。不随水土而变，与夫橘北为枳异矣。

由此可见，茉莉花最初是由胡国（今河南郾城区，舞阳县一带）传入南越（今广东、福建一带）的。这是关于茉莉花最早的文字记载。

当时的茉莉花只是一种植物，和很多的花一样，只是供人欣赏，而且这是一种外来的花，并不是本土的，但是将花入茶却是中国首创的。早在宋朝的时候，茉莉花茶就已经有了雏形，陆羽的《茶经》中这样写道："以汤沃焉，谓之庵茶。或用葱、姜、枣、橘皮、茱萸、薄荷之等，煮之百沸。"茉莉花茶初步形成时期，与其说是茶，倒不如说是一道甜品或者食物。我们聪明的祖先为了改善茉莉花的涩味，将它与枣子、橘皮结合，再放入其他一些植物和调料，制作成了那个时候的茉莉花饮品。这种饮品跟现在的茉莉银毫相差还是很大的，但当时能将茉莉花从观赏性植物做成入口的食物，这已经是一个很大的突破了。

茉莉花与茶叶的真正结合还要推到明朝时期，经过了时代的变迁，此时茉莉花茶的窨制已有了更细致的操作方式。顾元庆的《茶谱》记载："摘其半含半放，蕊之香气全者，量其茶叶多少，扎花为拌。三停茶，一停花，用瓷罐，一层茶一层花，相间至满，纸箬扎固入锅，重汤煮之，取出待冷，用纸封裹，置火上焙干收用。"经过这样的方式才算是有了茉莉花茶的基本形态，也更接近于我们今天所说的茉莉银毫。

其实清朝以前，茉莉花茶只是文人雅士别出心裁的尝试，都是自己在家里做着玩的。这算是雅致的茶事，没有形成大的生产规模。也就是说，这样的茉莉花茶在外面是买不到的。茉莉花茶真正开始售卖，成为一道普及的茶叶，是在咸丰年间。直到那时，福州的茶商才开始大规模地制作茉莉花茶，销售到北京之后，大受欢迎。

而说到茉莉花茶的形成，还有一个很有意思的小故事。当时各地最好的茶叶都会运送到京城进献给皇帝。因为皇帝喜欢，所以这些江南地区的名优茶，也渐渐出现在京城的街头。也因为皇帝的喜好，所以绿茶的价格在那时候已经被炒得很高了，尤其是富家子弟，都以能喝雨前、明前茶为荣。可是绿茶不同于其他的茶，它对温度湿度都有很高的要求。那时候有几辆马车运送着名贵的绿茶进京，因为路上耽误了时间，导致这些茶发霉变质了，但是他们还是舍不得将这些茶扔掉。这时候他们发现茉莉花香气四溢，就灵机一动在绿茶上撒上茉莉花，本来只是想掩盖茶叶的霉味，希望能把这些茶叶卖掉。没想到加入茉莉花之后的绿茶，不仅除去了茶叶的霉味，还将绿茶苦涩的味道一并掩盖掉了。加了茉莉花的绿茶,芳香飘远,茶味清淡,苦涩的味道也减少了许多。

此前,老北京人是不喜欢喝茶的。因为北京甜井少,水又苦又涩,加上古时交通不便,江南的绿茶运到北京,大部分都要走上个把月,遇到阴雨天就很容易变质。用碱味大的苦水冲泡并不新鲜的茶叶,这样的茶汤必定很难推广。在市场中,茶商无意间看到经茉莉花熏制的绿茶,有了主意,就大力推广开来。茉莉花中的芳香物质,将茶叶中不溶于水的蛋白质降解成氨基酸,不仅降低了水的苦涩感,还让茶味更加醇厚。而且,在风沙大、空气干燥的春天,能够闻到花香,这对刚刚经过漫长冬天的北京人来说,无疑是一种享受。

因为这些茶商,一时间茉莉花茶风靡京城。渐渐的,不少北京人早晨洗漱之后,都要沏一壶茉莉花茶,喝得背脊发汗、周身通泰,才迈着悠闲的步子出去吃早餐。

由此,茉莉花茶成了皇城第一茶。有钱的人喝白毫、龙珠,没钱的就喝高末儿。大街小巷处处有茉莉花茶的身影,无处不飘散着茉莉花茶的清香。

茉莉配绿茶,青梅配龙井,这说的是茶叶的结合,下面要说到的是茶叶的烹煮方式。龙井是绿茶中比较著名的一种茶叶，关于龙井的由来，曾经有一个这样的传说。

乾隆皇帝有让人印象深刻的三件事情，第一件事情就是女人众多。这是位多情的皇帝，从富察皇后到乌拉那拉氏，从大明湖畔的夏雨荷到香妃；第二件事就是他喜欢作诗，他没事就写一首，出门就吟几句，现在的人喜欢在游玩名胜古迹之后写下"某某某到此一游"，乾隆则是题诗表示自己到此一游；第三件事情就是喜欢下江南，可能是那里的美女如云，所以他经常去江南游玩。

据说有那么一次他又下江南了，在西湖看到了一棵茶树，上面的茶叶很嫩、很香，他就忍不住采了一点放在自己的袖中。本来想带回去问问这是什么茶叶，搞点新鲜的茶换着喝喝。但没想到一回去就接到了皇太后病重的消息，乾隆马不停蹄地回到了皇宫，因为皇太后病重，也来不及换衣服就直接来到了皇太后的寝宫，看望自己病重的母后。

天气闷热，奇怪的是乾隆这么多天不换衣服，身上一点都不臭，反而有一股清香。太后闻到这股清香味，人也神清气爽了，就问乾隆衣服里放着什么，乾隆这才想起来自己袖中的茶叶。他拿出来给自己的母亲，皇太后的病竟然因为茶叶而奇迹般好了，乾隆后来才知道这茶叫作龙井，因此西湖龙井一举成名，价钱也水涨船高。

其实《红楼梦》前八十回中没有提到过关于龙井的事情，但是结合龙井的上市时间，不由得会想起第二十七回中的一些场景。第二十七回中有两大场景：一个是宝钗扑蝶，一个是黛玉葬花。那一回讲的是林黛玉因为晴雯不给她开门正生气，又看见薛宝钗从怡红院出来，宝玉出门送客，就更加生气了。结果第二天芒种的时候起晚了，就没有跟姐妹们一起祭饯花神，而是独自葬花，但被贾宝玉看见了。这是一条线，另一条线是小红跟坠儿说着丢帕子的事情，被薛宝钗听见了。

这其中就提到了很重要的一个节日，芒种。为什么在这里我说的是节日，不是节气，因为芒种在现代没什么，就是一个普通的节气，跟大雪、小雪、大暑、小暑等，没什么差别。但是芒种在古代，尤其对于女孩子而言，是很隆重的一个节日。在这一天，女孩子们都会穿得漂漂亮亮的，然后送花神，许愿，有点类似我们现在七夕乞巧的仪式。古人认为芒种这一天众神退位，我们需要给花神饯行，以求她保佑这一年风调雨顺，人们平安健康，所以这是很热闹的一个节日，也是女孩子们很喜欢的一个节日。这一天女孩子们可以有很多的活动，不必劳作，可以尽情嬉笑玩乐。

> 品一段红楼
> 饮一杯香茗

而在芒种这一天,喝茶也是一件很雅致的事情。因为清明刚过,正好是春茶上市的季节,而龙井就成了人们首选的饮料。为了去除龙井的涩味,青梅煮茶应运而生。人们将青梅取来轻轻砸裂,用生铁小壶先煮得水沸香漾,候汤稍微冷静,匀入明前龙井,看叶片渐舒,浸透汤汁,再滤出汤水,调上枇杷蜜。酸甜里的茶味若现若离,如花离枝头的隐隐担忧,"春欲归,红消香断有谁怜"?

仿古人风雅,以茶入花,以花窨茶。除了将干花与绿茶相融合制作成新的茶叶,或者用青梅入茶冲泡出新的茶味之外,还有用鲜花窨茶的。这样的小情调来自于一个可爱的小女人,叫作芸娘,沈复在《浮生六记》中记录了夫人芸娘制茶的情景:"夏月荷花初开时,晚含而晓放。芸用小纱囊撮茶叶少许,置花心。明早取出,烹天泉水泡之,香韵尤绝。"

多么蕙质兰心的一个女人,将普通的茶叶变成了独一无二的花茶,而且制作方法特别简单。结合荷花绽放的季节,可以选用新鲜的绿茶,也可以选择普通的安吉白茶,在饮用前一天的晚上,用纱布或者宣纸,取出适量的茶叶,将包裹茶叶的纱布或者宣纸扎紧之后,放入花心。要是清闲的话,可以采取三放三取的方式,即放置花心一小时之后取出,再放进去一小时,再取出……如此反复三次就可以使用了。比较偷懒的法子就是直接放到花心上，隔一晚上，第二天取出使用。

需要强调的是，荷韵茶选的花是荷花，因为荷花花香味浓，而且荷花的花朵比较大，千万不要选睡莲，虽然两者都属莲科植物，但是制茶还是要分清楚的。

第五章 从贾元春赏赐茶筅谈茶具

前面的章节给大家介绍了茶叶的用途，古人泡茶用水的选择，泡茶的讲究，还有一些有趣的茶叶制作，以及如何将普通的茶叶变得独一无二，也给大家普及了一些简单的茶叶知识，比如茶的分类，水温的选择，等等。之前写道"器为茶之父，水为茶之母"，茶之母都介绍了，茶之父到现在为止好像还只字未提。不是不想提，而是曹雪芹在前面的章节中还未写到茶具之类的，直到温柔贤惠的贵妃娘娘出现，曹雪芹才让茶具出现了一下，但依然是"犹抱琵琶半遮面"，只说了茶筅，却没有提起其他的茶具。

茶筅出现在第二十二回中，这一回上半部分讲的是薛宝钗生日点戏，贾宝玉从薛宝钗那里知道了"点绛唇"。而林黛玉因为史湘云说龄官像自己，恼了，贾宝玉帮忙解围，三人都不开心，贾宝玉就写了禅诗，从而引出了薛林二人对佛禅的知识以及理解。后半部分是元春拿了灯谜给大家伙猜，猜对的人得到的礼物就是茶筅，原文是这样描写的：

  太监去了，至晚出来，传谕道："前日娘娘所制，俱已猜着，惟二小姐与三爷猜的不是。小姐们作的也都猜了，不知是否？"说着，也将写的拿出来，也有猜着的，也有猜不着的。太监又将颁赐之物送与猜着之人，每人一个宫制诗筒，一柄茶筅，独迎春、贾环二人未得。

  从这个情节再结合上下文，我们看下元妃为什么会送小礼物给兄弟姐妹们呢？是因为她作了灯谜让家里的兄弟姐妹们猜，同时也让他们各自写了谜题让自己猜，那些猜中的就送了这么个小礼物。一共是两件，一个是诗筒，一个是茶筅，从字面上解释，一个跟诗有关，一个跟茶有关。
  诗，不难理解，这是姐妹们平时的爱好。她们在大观园里开过诗社，作过很多诗，有海棠的、有螃蟹的、有菊花的，还曾经在芦雪庵联过句，就连身在栊翠庵带发修行的妙玉也曾经给史林二人联过句。元春虽然没有参与过他们的诗社，但是从大观园作诗可以看出元春从前在家的时候，也是很喜欢吟诗作对这项文艺活动的，只是身处在皇宫多少有些身不由己，只能借着逢年过节，与家人猜猜灯谜、诗谜过过瘾而已。

从大观园姐妹的日常活动中不难看出，诗词在大家闺秀的娱乐生活中占了很大的比例。诗情是小姐们的主要娱乐，而茶情则是她们交流沟通的媒介，红楼中的饭局有两样东西是必备的：一是酒，二是茶。小姐们吃饭，不是每顿饭都会有酒，也不是每个人都会饮酒，但是饭后喝茶，来人就用茶来招呼，却是每个人都会做的。

诗在于修炼小姐们的知书识礼，茶则在于陶冶小姐们的情操。所以在猜谜的时候，元妃选择了诗筒及茶筅作为礼物送给这些兄弟姐妹们。诗筒，顾名思义就是放置诗稿的竹筒，也可以说是笔筒的前身，样子制式参照笔筒，这里就不作深入解释了。

茶筅才是我们要说的重点对象，茶筅其实就是一种古代烹茶的工具。它的外形有点像以前刷锅子用的笤帚，上紧下松就像是女孩子的蓬蓬裙一般，下面是一个圆形展开的形式。笤帚一般是用竹子制作而成的，跟茶筅不同的是，筅帚一般都是将竹子制作成一条一条的，然后重新扎在一起，十分紧实。而茶筅的下端是一条条细丝状的竹条，形状接近于现在流行的不锈钢打蛋器。巧合的是，它们的功能也有些类似，打蛋器就是将蛋黄蛋清打均匀了，而茶筅的作用之一就是在点茶的时候打泡沫。

　　茶筅早在宋朝的时候就已经出现了，宋徽宗在《大观茶论》中专门描述过茶筅："茶筅，以斤竹老者为之。身欲厚重，筅欲疏劲，本欲壮而未必眇。当如剑背，则击拂虽过而浮沫不生。"

　　说起茶筅就不得不提到另两样东西，茶筷以及唐代的抹茶。不要怀疑，抹茶并不是日本的特产，它真真实实来自我们中国，而且早在唐代的时候就已经有了。只是到了宋朝，随着制茶技术和竹艺技术的不断发展，茶筷已经不能满足对抹茶的泡制，因此北宋的一些茶艺大师便选取了高山白竹和紫竹发明研制出茶筅，用以调制抹茶，宋朝时把对抹茶的调制称为点茶。宋徽宗《大观茶论》中强调使用茶筅的要点在于"手轻筅重，指绕腕旋"。

　　茶筅的制作工艺十分简单，就是用竹子制作，将细竹丝系为一束，中间加柄制作而成。茶筅一开始是在点茶中使用。宋代点茶时，用丝罗筛出极细的茶粉放入碗中，注以沸水，同时用茶筅快速搅拌击打茶汤，使之发泡，泡沫浮于汤面。以茶汤颜色鲜白和茶沫停留的时间长为茶技高超的标准，从宫廷到市井，常以之赌胜负。后来宋代点茶传入日本，发展成了现在的日本茶道。经过了时间的变迁，中国的茶道已经有了翻天覆地的变化，明代以后中国改用散茶茶叶泡茶，之前的茶粉点茶技艺也只在日本流传了。

当初茶筅刚刚出现的时候，是作为一次性的消费品使用的，因为茶筅的作用就是使得茶粉受水均匀，然后再加入适量的凉水，快速地用茶筅搅拌起泡。在这个过程中要十分小心，因为茶筅的竹子十分细致，而且使用之后，清洗也十分繁琐，所以一般只做一次性使用。

不过日本崇尚节约，为了使得茶筅更加实用，他们在原有的基础上做了一些调整，手工制作也更加精良。日本有些茶筅至今还是纯手工制作的，其中奈良高山乡是全日本乃至世界上数一数二的精致纯手工茶筅产地，享有盛誉，是不可多得的上等茶具及工艺品的生产地。

当然这是在一般的情况下，要是遇到重大茶事活动的话，他们还是会按照规定用全新的茶筅，以"圣洁"来表示对茶事的重视、对茶人的尊敬，以及对"和、敬、清、寂"这一茶道精神的领会和体现。

　　这里不得不说一下的是茶筅的洗涤以及平时放置的方法。茶筅用过后要洗干净,晾干。洗干净后,竹丝的形状要用手指整理,可以轻轻地向外拨一下,避免竹丝都聚拢在一起,以免影响抹茶泡沫的生成。

　　茶筅就介绍到这里,最后附送上一首有关茶筅的诗歌,作者是元代的谢宗可:

> 此君一节莹无暇,夜听松风漱玉华。
> 万缕引风归蟹眼,半瓶飞雪起龙芽。
> 香凝翠发云生脚,湿满苍髯浪卷花。
> 到手纤毫皆尽力,多因不负玉川家。

　　介绍完茶筅,我们讲讲茶道六君子。所谓茶道六君子,即茶匙、茶针、茶夹、茶则、茶筒以及茶海。我们先讲讲茶勺(茶匙)与茶则。

　　茶勺,它的作用是将茶罐里的茶叶舀取出来,放到茶壶里面冲泡或者是茶荷中供人观赏。它的容量很小,这样我们可以掌控舀取的茶叶数量,少了可以慢慢添加,但是多了,已经取出的准备冲泡

品一段红楼 饮一杯香茗

的茶叶接触到了水蒸气之后，是没办法再放回到茶罐里的。所以茶叶可以少取一些，却不能多了放回去。另外，茶勺的形状是细长柄的，可以在深茶罐里取茶。

茶则，是茶道六君子之一。它的作用也是将茶罐里的茶叶取出来，放置到茶荷或者茶壶中，不同的是它是用来量取，就字面理解是除了取之外，还有一个量的功用。陆羽在《茶经·四之器》中这样描述：

则，以海贝、蛎蛤之属，或以铜、铁、竹匕、策之类。

首先是它的材料，可以用贝壳类的天然材料制作，也可以用铜、铁、竹等制作，后面两个应该是它的替代品，若是没有专门的茶则，应该可以用勺或者策来代替。

茶则并没有一个统一的形状，有类似茶勺这样有柄的，也有没有柄的，只要可以舀取茶叶就好，在茶叶放入茶荷或者茶壶的这一过程中，还可以用茶针作辅助。

茶则比茶匙多了一个量的功能，除此之外，两者并没有什么差别。

到了现代，人们基本把茶则、茶匙等同为一件东西。但是，它们刚出现的时候，还是有很大差别的。

先从时间上看，茶则出现的时间更早，在陆羽的《茶经》中就已经有了完善的记载，当时的材质、形状都已经丰富多样，有的与茶匙差不多，有的则是另外的形状。而茶匙的出现，跟茶筅有些类似，都是服务于点茶的，所以茶匙在唐宋时期才出现，而茶则在那时候已经被普遍运用了，这是两者时间上的差别。

然后是用途上，茶则从一开始就是用来量取茶叶的，而茶匙一开始的时候，并不是做这个用的。既然它是因为点茶才出现的，自然也是服务于点茶的，点茶中有一个专用名词叫作下汤运匙，这里的匙就是茶匙。茶匙一开始跟我们所用的汤匙、调羹是一样的，并不是取茶叶用，而是调和茶汤，跟茶筅有着相似的作用。蔡君谟《茶录》中所记点茶，先放入茶末，然后加入少量水，调和一下后，"又添注入环回击拂。汤上盏可四分则止。"这一步则是斗茶的关键，"环回击拂"正是用茶匙不断地调和茶汤，直到盏中茶汤"面色鲜白著盏无水痕"，"著盏"就是"咬盏"，这样的茶在斗茶中为上品。《茶录》中还特意指出："茶匙要重，击拂有力。黄金为上，人间以银铁为之。竹者轻，建茶不取。"所以茶匙的作用不是用来取茶叶，而是用来搅拌茶汤，因此需要用质量更重的金属制，而不是茶则一样的竹制。

这下应该可以将茶则与茶匙分清楚了。在时间上，茶则早，茶匙晚；在材质上，茶则一般都是竹制的，而茶匙一般为金、银、铁之类制成，要重一些；在用途上，茶则是用来量取茶叶的，而茶匙则是用来调和茶汤的。这是两种完全不一样的工具，是风马牛不相及的。

那为什么从古代到现代茶匙发生了如此翻天覆地的变化，开始跟茶则融为一体了呢？这要从中国人饮茶方式的变化说起，因为人们后期改用清饮的方式，渐渐地点茶就在生活中消失了，而清饮也不再需要调和茶汤，茶匙就慢慢失去了它的作用。

结合茶筅、茶匙、茶则三者在历史上的发展过程来看，茶筅取代了茶匙之后，茶匙就成了茶则的附属品。时间久了，茶匙、茶则就融为一体，这样就有了现在的茶则、茶匙分不清楚的状况。

讲完茶匙和茶则，下面我们来介绍茶道六君子中其他的东西。先简单介绍下茶针，茶针又名茶通，这两个名字简单易懂，也将这个工具的形状与用处完美地阐释出来。茶针，说的是它的形状，看名字就知道这一定是一个细长的东西，就像针一样。通常茶针的功用就是通茶，防止茶叶堵塞在茶口，从而保持茶水流通。

这是字面上的意思，接下来再深入介绍一下茶针的作用。茶针在茶艺表演和考试中有着重要的作用，除了疏通茶嘴之外，它还有一个作用，就是在赏茶之前拨弄茶荷中的茶叶，让茶叶更加美观、平整，给人一种美的享受。当然，在茶艺考试中将茶叶取出的时候，就算摆放的形态已经很好了，还是要有拨弄茶针的一个动作，这是要算分数的。但在茶艺表演中，若是茶叶美观了，则可以省略掉这个动作。

在泡茶的时候，茶针还有另外一个用途，那就是拨弄茶叶。将碎茶压在底下，将整茶覆盖在面上，这样的茶叶形态更加美观，冲泡出的茶叶色香味形俱全，更令人赏心悦目。

在冲泡普洱茶的时候，金属茶针也可以当作茶锥来使用，可谓一物多用的好工具。别看它小，功能却是很大的。

介绍完茶针的作用，下面开始说说它的材质。一般茶艺中比较常见的就是木质茶针，有竹子，也有檀香木、红木等比较高档的木头，当然这样的茶针是比较昂贵的。

除了木质茶针，还有金属制成的茶针。这种茶针既是茶艺道具，同时也是美丽的装饰品。比较常见的是不锈钢的，这种材质的茶针就像针一般，很细，而且十分耐用。

除了这些之外，还有一种更加稀有珍贵，那就是天然材质的牛角、羊角之类的角制茶针。这种角制茶针的造型会比较精美，远看像是古代女子用的发簪，煞是好看。因为取自动物的身体，所以它的造型要比其他材质的茶针更为细小，年代久远的，还有着浓厚的历史气息。

茶针之后再来说说茶夹。茶艺中的道具取名字都十分简单明了，茶针就是形状像针一样是通茶壶的工具，而茶夹则是一个夹子，作用就是夹着茶杯清洗，方便清洁，卫生又防烫，是很实用的一个小工具。这是对于茶杯的一个功能，对于茶叶它也有一个功效，那就是将冲泡过的茶叶，也就是茶渣从茶壶中挟出来，方便清洗茶壶。这一点跟茶匙也有着异曲同工的妙用。茶道六君子中，除了茶海，其他的物件都很小，但都是一物两用，甚至多用的。

说完茶夹的功能，再来说说它的材质。比较常见的就是木质的茶夹，有竹子的，也有其他木头的。少有的是金属制的，金属的价钱也偏贵些。

介绍完茶匙、茶则、茶针、茶夹，现在来说说装它们的容器——茶筒。汉族茶艺中的茶筒，就是收纳茶具的小筒子，一般都是用好木料特制而成的配有搅动木棍的木筒。

茶筒的形状各异，比较普通的是圆形的直筒小筒子，比较讲究的筒子还会在外面雕花刻字。还有的茶筒是做成正方形、长方形的，也有刻字、雕花的。做工细致些的，还会有一些别的形状，比如类似长颈花瓶小口的，也有葫芦形状的。

除了这些之外，还有一种用老青竹做成的茶筒。即取一节粗细约一尺的老竹，将竹节两端锯了。锯后，一头平，作底；另一头在那凹凹的竹节处再留下另一节约二寸的圆边，作顶。竖着看，这很像一段圆圆竹节上，搁着一只直径一样大小的圆圆浅浅的碗，碗边上还留了个连体的半圆环，环上钻个小孔后系着绳结，这就是茶筒了。用竹子做成的茶筒，看着就像竹子一般一节一节的，十分精巧美丽。

以上介绍的都是汉族文化中的茶筒，下面再讲讲藏族人的茶筒用法。他们会先将熬好的茶倒进不会生锈的陶制容器内备用，再在装有开水的锅或壶中放进一些已熬好的浓茶，并加进适量食盐加热，然后将其倒进搅拌茶筒（茶筒是用好木料特制而成的，配有搅动木棍），放入适量的酥油，用木棍上下搅拌，搅到酥油和茶水混匀之后，又倒入壶中稍加热，便成为香喷喷的酥油茶了。

如果是新鲜酥油和好的沱茶，打出的茶更是色香味美。打酥油时也可放一点牛奶或奶粉，然后搅匀，喝起来别有一番风味。若酥油是陈旧的，搅拌时调进一个生鸡蛋就可以消除陈旧的酥油味。藏族每家每户都备有打茶筒，早晨起床后，就有吃酥油茶的习惯。喝足了早茶，少吃一两顿饭也不饿。亲朋到家，主人一定倒上酥油茶招待客人，客人一般不能只喝一碗就谢绝，主人也不喜欢客人只喝一碗茶就告辞。

茶道六君子中的五君子已经介绍完了，现在来说说最后的这个君子。如果说前五个都是精致迷你的小物件，那最后一个要说的绝对是茶艺中的巨无霸——茶海。为什么说它是巨无霸呢？一是因为它相比其他的茶具要大；二是因为对于它的定义与描述特别广泛。

茶海，从字面上看，就是茶的海洋，海洋很大，素有"海纳百川，有容乃大"的涵义。茶海，就是茶叶或者说茶艺的海洋，对于茶海的定义有以下三种不同的描述。

第一，茶海就是生产茶叶的产地，有大片大片的茶树，这是茶叶形成的一片汪洋大海。中国的四大茶区以及大型的茶园都可以称之为茶海，比如中国茶海——福建、云南、贵州、四川等。

第二，茶海也是一种饮茶器具，是树根经过工艺加工之后制成的烹茶、煮茶的工具，类似于茶壶、公道杯。但是它的工艺更加精美，是有历史范儿的根雕、根艺，更给人呈现一种美感以及文化感。

第三，这是更加广泛的一种茶海的解释。茶海类似茶盘、茶托之类的，不同的是，茶海的下面装着盛水的容器，还有排水的管道，可以将泡茶过程中产生的水，通过茶海直接排到桌子下面接水的器具中。一般的茶海都是长方形的，中间会有一条一条的空隙，可以放在茶桌上，更多的是嵌在茶桌上，茶桌与茶海之间的距离就是一块茶巾的厚度。

茶具摆放的时候，有干湿区之分，茶筒、茶叶、茶荷、水盂、烧水壶等都是放在干区的。而茶海就是茶艺表演中的湿区，茶杯、茶壶、公道杯等都是要放在湿区的，也就是放在茶海上的。

普通的茶海就是类似茶盘一样的正方形，但是也有雕工细致的，会根据树根的形态，雕刻成不同的形状，有荷叶状、叶子状等等。除了形状各异之外，还有精美的雕工，比如荷塘月色、花开富贵等，精致的雕刻工艺，加上美好的寓意，就形成了美丽的茶海。

以上介绍的都是最常见的木质工艺的茶海，现在茶海的材质已经不局限于此了，也有陶制的、瓷制的、玻璃制的、竹制的，更为特殊的还有塑料制的、电木制的等。

到此茶道六君子全部介绍完了，接下来介绍茶艺中其他的器具，比如茶荷、茶壶、盖碗、公道杯、品茗杯（茶杯）、闻香杯等等。

首先说说茶叶罐。买茶叶的时候，有的茶叶是放在茶叶罐里的，有的茶叶是直接用纸包装的，有的是用锡箔纸包装的，也有的是用塑料纸直接封口的，还有的是放在不锈钢盒子里的。根据茶叶的价格以及种类，买回来的茶叶是放在各种各样不同的包装中的。但是拿到茶桌上的茶叶只能放在茶罐里，只是茶罐的材质会各有不同。

表演跟考试的茶罐也有不同，开始的时候，一般都是用纸质的茶罐，因为要考四个手指将茶叶罐顶开的动作，所以茶艺考试中的茶罐都是从上套上去的圆形茶叶罐。而茶艺表演中的茶罐则比较精巧美丽，要与茶席相搭配。不一定是纸质的，也有陶瓷的、木质的，材质各异。茶罐会更加考虑形美以及实用性，盖子上可能会有塑料胶质之类的隔水性较好的材质，这样可以更好地防止茶叶与空气接触，从而对茶叶进行更好的保护。

家用烧水壶一般都是不锈钢或者是铁质的，但是煮茶用的壶，就会根据茶叶的特点选择相应的材质，可能是陶的，或者是紫砂的，等等。

在烧水过程中，我们要先将茶叶从茶叶罐中取出来，进行赏茶的流程。赏茶的时候不可直接拿着茶罐让宾客们欣赏，要从茶罐中将茶叶取出来，放在特定的容器里供宾客赏茶。这个容器就叫作茶荷，比较常见的就是竹制或者是木制的圆形小碟子。茶荷有些类似于茶杯碟，但是规格要小很多。

圆形的茶荷是比较常见的，但还有很多与其大不相同的形状。就材质来说，有竹、木、陶、瓷、锡等，所以形状上也会有所不同，比如引口的半球形。茶荷做得雅致些的，也会根据自己的喜好，在形状上有不同的改变，甚是新颖。

茶荷除了有让人欣赏干茶的作用之外，也有人会在其中将茶叶略为压碎，以增加茶汤浓度。

赏茶完毕之后，水也差不多烧好了，此时就要洗杯或者温杯了。这时候泡茶的器具就纷纷上场了，首先是茶壶或者盖碗，其实这两个器具的功能是极为相似的，只是会根据不同的茶叶选择不同的器具而已。

茶壶是一种泡茶和斟茶用的带嘴器皿，它是茶具的一种，主要用来泡茶。茶壶由壶盖、壶身、壶底、圈足四部分组成，壶盖有孔、钮、座、盖等部分。壶身有口、延（唇墙）、嘴、流、腹、肩、把（柄、扳）等部分。由于壶的把、盖、底、形的细微差别，茶壶的基本形态就有近两百种。泡茶时，茶壶的大小依饮茶人数的多少而定。茶壶的质地也有很多，目前使用较多的是紫砂陶壶和瓷器茶壶，还有玻璃茶壶。关于茶壶有这样一句话："一器成名只为茗，悦来客满是茶香。"

茶壶根据它的样式来分，有小如橘子大似蜜柑的，也有瓜形、柿形、菱形、鼓形、梅花形、六角形、栗子形等等，一般多用鼓形的，取其端正浑厚之意。名字也会根据其样式命名为树瘿壶、南瓜壶、梅桩壶、松干壶、桃子壶，等等。

根据壶把造型分，有侧提壶，壶把成耳状，在壶嘴对面；提梁壶，壶把在壶盖上方成虹状；飞天壶，壶把在壶身一侧上方，呈彩带飞舞；握把壶，壶把如握柄，与壶身成直角；无把壶，无握把，手持壶身头部倒茶。

根据壶盖造型分，有压盖壶，壶盖平压在壶口之上，壶口不外露；嵌盖壶，壶盖嵌入壶内，盖沿与壶口平；截盖壶，壶盖与壶身浑然一体，只显截缝。

根据壶底的造型分，有捺底壶，茶壶底心捺成内凹状，不另加足；钉足壶，茶壶底上有三只外突的足；加底壶，茶壶底加一个圈足。

根据外形特征分，有圆器，主要由不同方向和曲度的曲线构成的茶壶，骨肉匀称，转折圆润，隽永耐看；方器，主要由长短不等的直线构成的茶壶，线面挺刮平整、轮廓分明，显示出干净利落、明快挺秀的阳刚之美；塑器，仿照各类自然动、植物造型并带有浮雕半圆装饰的茶壶，特点是巧形巧色巧工，构思奇巧，肖形而不俗套，理趣兼顾，巧用紫砂泥的天然色彩，取得神形兼备的效果；筋纹壶，茶壶壶体作云水纹理，口盖部分仍保持圆形，如鱼化龙壶、莲蕊壶等。

还可以根据有无内胆，将茶壶分为普通壶（无内胆）与滤壶。

最值得一提的是长嘴茶壶，它是茶道表演中常用的一种茶壶。表演时用的长嘴茶壶多为铜器，也有铁质和锡制的，即称作长流壶。有无流的泡茶水器，称为无流壶，平常可看见稍有壶流凸起；短流壶，通常指的是壶嘴出水口脱离壶腔三寸以内的泡茶壶；中流壶，出水口离壶腔距离在三寸到两尺之间；壶嘴出水口离壶腔两尺以上的泡茶壶称为长流壶。古代长流壶壶嘴长度多在三尺左右，时下俗称的"一米长壶"便是由此而来。

根据不同的材质分,有紫砂壶、瓷壶、陶壶、玉壶等。

介绍完茶壶,现在简单介绍下盖碗,这应该是古装电视剧中出镜率最高的喝茶工具了。盖碗又叫三才碗、三才杯和三才盖碗,主要由三个组成部分:碗盖、碗、碗托。这三个部分各有不同的意义与作用,盖为天,碗为人,托为地,盖碗象征着天时地利人和的美好寓意。值得一提的是,碗托也叫作茶船,能将茶碗托着稳稳当当,是很精巧的设计。写到这里不得不敬佩古人的智慧,也为中国博大精深的文化而感到自豪,只是一个喝茶、泡茶的杯子,在设计取名的时候就有这么多的涵义,实属巧妙。之所以有这样的三部分设计,在实用性方面也是考虑周到的。盖子,就是为了防止灰尘进入到茶水中,也有保温的效果,对茶叶的察色、嗅香、品味、观形也有帮助。茶碗,就是用来盛茶水的器皿。而茶船的作用就是托着茶碗,既不会烫手,也更加安全。盖碗从美观实用性等方面来说都完胜其他泡茶工具,所以这款茶具在清雍正年间已开始盛行使用,得到了一致好评,就连文豪鲁迅都对此茶碗喜爱不已。他曾在《喝茶》一文中这样写道:"喝好茶,是要用盖碗的。于是用盖碗,果然泡了之后,色清而味甘,微香而小苦,确是好茶叶。"

盖碗的结构多年来一直没有发生什么变化，但是样子和雕工上有了不少的变化，有的盖碗碗身比较宽矮，有的则比较细长。材质也有所不同，有青花瓷，也有骨瓷和玉瓷的，十分通透。因为瓷器的通透，从外面看里面的茶叶与水，竟能跟碗身上的图案遥相呼应，就像鱼儿水中游，莲花开在水中央，煞是惹人怜爱。就陶瓷这块，也有很大不同之处，汝窑制品与青花瓷的盖碗就大相径庭。在追求天然美的古代，也有玉器盖碗，但十分金贵。也会用金银来制作，虽显得贵重，却少了美感。到了现代，很多人为了欣赏茶叶的姿态，会用玻璃制作成盖碗，好坏就见仁见智了。

　　以上是关于盖碗的一些介绍，接下来说说公道杯。"公道"二字很好理解，就是一视同仁。而公道杯的作用就是用来盛装茶汤。茶汤从茶壶或者盖碗中倒出来的时候，若是直接分到品茗杯中，那么每一杯茶汤的浓淡自然是有差别的。先倒的肯定是最淡的，而最后倒的肯定是最浓郁的，喝茶讲究的就是众生平等，若是在分茶的时候，出现这种情况，那么三六九等马上就体现出来了。这时候茶汤就需要用公道杯来中和一下，在茶汤分杯之前，先将茶壶或者是盖碗中的茶汤倒入公道杯中，做了中和之后再倒入品茗杯中，这样分杯的时候就人人平等了。

品一段红楼
饮一杯香茗

公道杯的材质跟盖碗、茶壶类似，主要以陶瓷、玻璃为主，形状一般比较简单，也就是一个半圆或者圆形的形状，只是多了一个嘴而已。

泡完茶之后，就到了闻香品茗的阶段了，这时候就该介绍下闻香杯与品茗杯了。由于绿茶的茶叶颜值很高，所以冲泡绿茶的时候很少用茶壶或者盖碗，都是直接用玻璃杯冲泡，绿茶的闻香杯、品茗杯就是玻璃杯。其他的茶类就要复杂些了，它们的闻香杯与品茗杯大有不同。先说闻香杯，它是类似试管的细长一些的杯子，主要材质以陶瓷为主。茶艺师分茶的时候会将茶汤倒在闻香杯中，方便在喝茶之前先闻闻茶叶的香味。闻香的过程中，顺便也可以将茶慢慢放凉一些，这样喝茶的时候不至于太烫口。喝茶可不能跟猪八戒吃人参果似的，拿到就一股脑往自己嘴巴里塞，直接进入食道，这样茶烫伤喉咙是一方面，而且也不能体会茶的美妙。

喝茶闻香，闻香过后再将品茗杯倒扣在闻香杯上，然后翻转，茶自然而然就到了品茗杯中，任你享用了。品茗杯的体积一般不大，形状倒是有很多变化，有直筒杯，有百合杯，可根据自己的喜好选择。品茗杯主要以陶瓷为主，也有紫砂的，或者跟茶壶或盖碗配套的。

品茗杯中的茶水，基本是可以一口喝光的，但是你却不能这样做，要抿一小口慢慢品尝。这边再传授一个小知识，品茶的好坏不是一杯就可以品味出来的，一般来说茶商或者茶农为了迎合客人的口味，在制作工艺上会动手脚，第一口喝到的都是制作工艺的功劳，所以是好的。只有三遍之后才能够品尝出茶叶本身的好坏，所以要分辨茶的好坏，只要品茗三杯，三杯过后这款茶的味道还是好的，那就说明这茶真的是不错，不要第一杯就做出决定，被茶农茶商的小伎俩忽悠了。

茶艺道具介绍完了，接下来我们再讲讲茶艺的辅助工具。首先讲讲茶盘。

茶盘就是托运茶具的托盘。在茶艺考试中，从布具开始就会用到茶盘，首先要将所有用到的茶具放到茶盘上，来到考试指定位置，开始计分。而在茶艺表演中，上茶、奉茶都是会用到茶盘的。比较常见的茶盘是竹制或者是木制的，当然还有塑料的，或者是其他材质的。茶盘的形状，一般都是长方形的，但也会有别的形状，比如圆形或者不规则图形，这里就不作拓展了。

接下来再讲讲水盂，在茶艺表演的过程中，水盂会一直放在茶艺师的左手边。但是在茶艺考试中，水盂一开始是不会出现在桌面上的，需要你从下面拿上来，这也是一个考点。常见的水盂就是圆形的、陶瓷制作而成的一个器具。水盂其实不仅仅局限于茶艺中，在书法、水墨画中也有着独特的作用。在茶艺中水盂是盛装用过的水的一个器皿，是废水的聚集地。而在书法与水墨画中，水盂是洗笔的一个重要器具。

简而言之，水盂就是存放废渣、废水的一个地方。当然在茶艺中，水盂中的水最终是要倒进茶海中的，这才算是完成了整个流程，也是考点之一。在考试中，之前一系列的动作完成之后，水盂最后也要回归到原位，但茶艺表演则不需要。

讲完水盂，再简单讲一下茶巾。茶巾一般都是由一块深棕色的小毛巾做的，它是清洁工具，同时也是量度单位。将茶巾叠好之后，对确定茶海以及其他茶具的位置就起到了至关重要的作用。茶海的位置决定茶具的位置，而茶巾的位置决定茶海的位置。

在布具的时候，茶海放在离桌边一茶巾的距离，确定好茶海的距离之后，再将其他的茶具放在茶海的四角，这才算是完成了布具。

在茶艺考试时，最后一道工序就是将水盂中的水倒入茶海，用毛巾将茶海表面的水渍擦干，将茶巾归位之后，一道茶的工序才算是完成了。说茶巾的使用是布具的开始以及茶艺的终结也不为过，别看它小，但它在茶艺中的作用也是非常重要的。

最后要介绍的是一件玩具——茶宠。茶宠并不是非要不可的，但是如果有了它，会有很多的乐趣。按照字面理解，茶宠就是茶人的宠物，不过这个宠物不是活的，而是一种摆件。常见的茶宠一般是一些紫砂或澄泥烧制而成的小工艺品，也有陶瓷或者木制的，形状有如小象、小龟、蟾蜍、貔貅、小猪等。茶宠多数以小动物为主，但也会有人物之类的，比如佛脚、金童玉女、弥勒佛等。不同的茶宠有不同的寓意，有的象征着招财进宝、知足常乐，有的象征着幸福吉祥。

茶宠一般摆放在茶桌上，讲究点的会根据茶席的摆放设计，专门为茶宠留个一席之地。不讲究的，就选择在喝茶的时候，放在方便滋养茶宠的地方。

茶宠的滋养是有一些讲究的，那就是不能用喝剩下的茶水，最好在一开始喝茶的时候就给茶宠留一个属于它的杯子。你可以选择慢慢浇灌，也可以一边喝茶一边用笔轻轻抚刷，但一定不能直接浸泡。

茶宠对于茶叶的选择，按道理是不挑的，但是想要更加容易出效果的话，最好选择发酵茶，比如黑茶、乌龙茶之类的。而且一只茶宠一旦选定了一款茶就不要再换别的茶了，比如今天用红茶，明天用黑茶，这就不好，如果选了普洱，就一直用普洱。

养茶宠的茶水温度要低一点，不能用沸水，要用煮沸后冷却到常温的茶水去滋养它，这样它才会越来越好看。

以上是关于茶宠的一些介绍，至此对于茶具以及茶艺的辅助工具的介绍已经结束。

第六章 从红楼茶诗说古人与茶两三事

古人喝茶，除了物质需求，更多的是一种精神需求。俗人喝茶，喝的就是茶的味道，文人喝茶，品的是其中的茶文化。《红楼梦》中有很多爱茶的富贵闲人，贾宝玉就是其中一个。可以说红楼中有很多跟茶有关的重要章节，或者是重要知识点，都是通过他来传播的。比如说茶水的选择，是他在太虚幻境的时候听警幻仙子说出来的，还有至今让人捉摸不透的枫露茶，也是他弄出来的。茶筅是他在玩游戏的时候，跟姐妹们一起得了他大姐的赏赐。妙玉的三杯茶理论，也是和宝玉喝茶的时候说的，还有暹罗茶和后来的女儿茶等，也都和贾宝玉有关。红楼中重要的喝茶活动，几乎都有他在场。

所以贾宝玉跟茶文化有着不可分割的关

系，红楼茶诗就是出自贾宝玉之手，第一次小试牛刀是在第十七回的时候，那时候的他是被动写的。第十七回写的是，元妃省亲的住宅建好了，贾政带着自己家的门客，也就是贾雨村一干人等在院子里观赏、审查，同时也把贾宝玉叫上了，他们一边欣赏风景，一边考查贾宝玉的功课。

贾宝玉第一次被迫题联是在潇湘馆，文中的原句如下：

于是出亭过池，一山一石，一花一木，莫不着意观览。忽抬头见前面一带粉垣，数楹修舍，有千百竿翠竹遮映。众人都道："好个所在！"于是大家进入，只见进门便是曲折游廊，阶下石子漫成甬路，上面小小三间房舍，两明一暗，里面都是合着地步打的床几椅案。从里间房里，又有一小门，出去却是后园，有大株梨花，阔叶芭蕉，又有两间小小退步。后院墙下忽开一隙，得泉一派，开沟尺许，灌入墙内，绕阶缘屋至前院，盘旋竹下而出。贾政笑道："这一处倒还好，若能月夜至此窗下读书，也不枉虚生一世。"说着便看宝玉，唬的宝玉忙垂了头。众人忙用闲话解说。又二客说："此处的匾该题四个字。"贾政笑问：

"那四字？"一个道是："淇水遗风。"贾政道："俗。"又一个道是："睢园遗迹。"贾政道："也俗。"贾珍在旁说道："还是宝兄弟拟一个罢。"贾政道："他未曾做，先要议论人家的好歹，可见是个轻薄东西。"众客道："议论的是，也无奈他何。"贾政忙道："休如此纵了他。"因说道："今日任你狂为乱道，等说出议论来，方许你做。方才众人说的，可有使得的没有？"宝玉见问，便答道："都似不妥。"贾政冷笑道："怎么不妥？"宝玉道："这是第一处行幸之所，必须颂圣方可。若用四字的匾，又有古人现成的，何必再做？"贾政道："难道'淇水'，'睢园'不是古人的？"宝玉道："这太板了。莫若'有凤来仪'四字。"众人都哄然叫妙。贾政点头道："畜生，畜生！可谓'管窥蠡测'矣。"因命："再题一联来。"宝玉便念道：宝鼎茶闲烟尚绿，幽窗棋罢指犹凉。

这一联是根据潇湘馆的环境题的，我们先看下潇湘馆周围的环境是怎么样的，千百竿翠竹遮映。大家还记得林黛玉为什么要住到潇湘馆吗？就是因为她喜欢幽静，尤其喜欢门口的这几竿竹子，郁郁葱葱的，伴着风声，还有大自然的音乐。后院有大株梨花，还有阔叶芭蕉。前后都是树木、竹子，潇湘馆就是一片绿色中的一座小屋，现在我们看看贾宝玉是怎么形容这样的绿色的。

他说："这绿色就像是喝茶时的宝鼎中的烟雾一般，茶没有了，但是里面冒出来的烟却还是绿色的；在窗边下完棋之后，这手指还是凉的。"这两句话，将潇湘馆的绿与静生动地表现了出来，同时也侧面写出了宝玉平时的两大爱好，喝茶与下棋。若是没有亲身经历，怎么知道喝完茶之后那壶里冒的烟是绿的，下完棋之后的手指是凉的。

这简单的一联，既将潇湘馆的景色表达了出来，也将自己的兴趣爱好展现了出来，高雅至极，没有辜负富家公子的称号，红楼中的这些公子里论雅致再没人比得上他了。

看完第十七回的茶诗，我们再看看第二十三回的茶诗，相比上面一回的被动与紧张感，这一回里的贾宝玉可是豁出去了，自由地发挥写作。这一回说的是，元妃省亲之后，觉得大观园要是只作省亲别墅太浪费了，所以干脆让家里的姐妹们住进去，其中特别点名要贾宝玉也跟着姐妹们一起住。得到消息后的贾政告诉贾宝玉这个消息的时候，顺便提醒了他，在大观园里也要自觉一点，要跟在外面的时候一样等等。

贾政叮嘱完之后,贾宝玉就如愿以偿住进了怡红院,得意之余,他就写了四首诗来表示自己的欢喜与惬意,以下是原文:

《春夜即事》

霞绡云幄任铺陈,隔巷蛙声听未真。
枕上轻寒窗外雨,眼前春色梦中人。
盈盈烛泪因谁泣,点点花愁为我嗔。
自是小鬟娇懒惯,拥衾不耐笑言频。

《夏夜即事》

倦绣佳人幽梦长,金笼鹦鹉唤茶汤。
窗明麝月开宫镜,室霭檀云品御香。
琥珀杯倾荷露滑,玻璃槛纳柳风凉。
水亭处处齐纨动,帘卷朱楼罢晚妆。

《秋夜即事》

绛芸轩里绝喧哗，桂魄流光浸茜纱。

苔锁石纹容睡鹤，井飘桐露湿栖鸦。

抱衾婢至舒金凤，倚槛人归落翠花。

静夜不眠因酒渴，沉烟重拨索烹茶。

《冬夜即事》

梅魂竹梦已三更，锦罽鹴衾睡未成。

松影一庭惟见鹤，梨花满地不闻莺。

女奴翠袖诗怀冷，公子金貂酒力轻。

却喜侍儿知试茗，扫将新雪及时烹。

以季节命名的四首诗，分别将他一年四季在干的事情都写了出来，其中三首都是跟茶有关的。我们来看看这四首诗都写了些什么，以及贾宝玉一年四季都干了些什么。春天的时候睡懒觉，听着门外的蛙声，欣赏着春雨绵绵，在春色撩人时节，看花开花落，跟自己的丫鬟嬉戏玩笑。一派富家公子的做派，竟没有一点与学习有关，难怪他父亲总跟他生气。

　　夏天的时候由于昼长夜短，他梦着佳人，喝着好茶，赏花赏月品香，不亦乐乎。面对着美景幽香，他品茗欣赏，是何等的逍遥自在，怡红院就是他的空中楼阁。或许在怡红院中，他曾回想起了太虚幻境中的美妙，不知道在怡红院烹茶的时候，有没有研制出来太虚幻境中的仙茗。

　　秋天到了，怡红院中就不似之前那般热闹了，秋风扫落叶，渐渐有了萧索荒芜之意。那些花儿草儿也都凋零了，这时候的他就只能独自排解了。睡不着的时候喝喝小酒，要是困乏了就喝喝茶提提神。因为无事忙，富贵闲人的他，也就是随便找些消遣，平静度日。都秋天了，他还是没有任何跟学习有关的事情，正经事不干，交朋友、胡闹，倒是会得很，怪不得要挨打了。在怡红院如此享乐，难怪他会被人抓住小辫子告状，受了皮肉之苦也不奇怪。

　　到了冬天的时候，梅花开了，不老松也还在，就是梨花落满地有些凄凉。冬天干什么呢？红袖添香，偶尔写写诗吧，丫鬟手冷，怕冻着人家，喝喝酒吧，自己又不胜酒力，觉得没什么劲头。好在丫头们也都是懂茶的，喝喝茶暖暖身，下了雪之后还能够收集雪水烹茶，也是人生一大乐事。

在没有贾政监督的日子里，贾宝玉最常做的一件事情是跟丫鬟玩，玩累了就喝茶，有闲情逸致的时候就赏花赏月，兴致来的时候写几首诗，这就是贾宝玉的生活状态。他的诗和远方，没有苟且。

烹茶吟诗，再也没有比这个更加悠闲惬意的生活了，这是红楼中的茶事，在我们看来已羡慕不已。但是结合古代历史来看，这只是文人雅致茶事的冰山一角，历史上比贾宝玉或者说比曹雪芹雅致的茶事、茶诗多的是，比如说行茶令，下面我们就来简单介绍下古代文人的茶道三两事。

说到茶诗不得不提唐朝的卢仝，他能够在陆羽成为茶圣之后，在众多的文人墨客以及茶人中脱颖而出成为亚圣、茶仙，实在不是普通人。而他最著名的一首诗歌就是《七碗茶歌》。之所以列举的第一个人是卢仝而不是陆羽，是因为陆羽和他的《茶经》应该是爱茶之人众所周知的，首先推荐的自然是要别开生面一点的，所以这里首推卢仝的《七碗茶歌》。

《七碗茶歌》真的是很了不起的一首茶诗，卢仝也是个奇思妙想之人，能够将自己喝茶感悟出的七种不同的境界都写到了一首诗中。

但写茶诗,他却不是第一人。以茶入诗,其实早在西晋的时候就已经有了。我国有文字记载的第一首茶诗是左思的《娇女诗》,其中的原文是:

吾家有娇女,皎皎颇白皙。
小字为纨素,口齿自清历。
鬓发覆广额,双耳似连璧。
明朝弄梳台,黛眉类扫迹。
浓朱衍丹唇,黄吻烂漫赤。
娇语若连琐,忿速乃明集。
握笔利彤管,篆刻未期益。
执书爱绨素,诵习矜所获。
其姊字惠芳,面目粲如画。
轻妆喜楼边,临镜忘纺绩。
举觯拟京兆,立的成复易。
玩弄眉颊间,剧兼机杼役。
从容好赵舞,延袖象飞翮。

品一段红楼
饮一杯香茗

> 上下弦柱际，文史辄卷襞。
> 顾眄屏风书，如见已指摘。
> 丹青日尘暗，明义为隐赜。
> 驰骛翔园林，果下皆生摘。
> 红葩缀紫蒂，萍实骤柢掷。
> 贪华风雨中，眴忽数百适。
> 务蹑霜雪戏，重綦常累积。
> 并心注肴馔，端坐理盘鬲。
> 翰墨戢闲案，相与数离逷。
> 动为垆钲屈，屐履任之适。
> 止为荼荈据，吹嘘对鼎立。
> 脂腻漫白袖，烟熏染阿锡。
> 衣被皆重地，难与沉水碧。
> 任其孺子意，羞受长者责。
> 瞥闻当与杖，掩泪俱向壁。

这首诗大致写的就是两个可爱的女孩子，年纪还特别小，但是对于大人的一些劳动充满了好奇，便学着大人的样子画画、作纺织等一些家里的活计。其中两句"止为荼荈据，吹嘘对鼎立"跟茶有关，两个女孩小小年纪就对茶器充满了好奇，想要学着大人的样子玩弄。这是一首茶事诗，作者通过一对可爱的女孩，写出了家庭生活，也写了茶事。

也许知道左思的人不多，下面来介绍几位大家耳熟能详的，比如说四大才子——唐伯虎、文征明、祝枝山、周文斌，他们几个也都是茶文化的推崇者。很多人对于唐伯虎或者说四大才子的认识，都是通过影视资料，不管是《唐伯虎点秋香》，还是《四大才子》，亦或是其他有关的影视作品，它们都在剧中将唐伯虎描绘成画画高手、大才子，而重点突出的则是他跟秋香之间的爱情故事。

而在《红楼梦》中，曹雪芹是借薛呆子之口提到唐伯虎的。薛蟠看上了庚黄（即唐伯虎）的一幅春宫图，想方设法要搞到手。从这里可以看出，薛蟠眼中的唐伯虎，是个很会画春宫图的人。

但其实唐伯虎爱茶，也会用茶作画，他的茶画是明代茶画的代表，更是明代茶画的一绝。《事茗图》就是他的茶画代表作之一，十分有名，画中他用自己熟练的山水人物画法，勾勒出高山流水、巨石苍松、飞泉急瀑。这些景色或远或近，或显或隐，近者清晰，远者朦胧,既有清晰之美,又有朦胧之韵。在画的正中,一条溪水弯曲汩汩流过,在溪的左岸,几间房屋隐于松、竹林中,房下是流水,房上云雾缭绕。此景让人一看,宛如世外桃源。

除了茶画,他还喜欢品茶联诗,不仅仅自己玩,也会带着自己的那些好兄弟们一起玩,比如流传的就有这样一首联诗:"午后昏然人欲眠,清茶一口正香甜。茶余或可添诗兴,好向君前唱一篇。"这首诗的联句顺序为唐、祝、文、周。

除了男人喜欢茶,女人也十分爱茶,李清照就是其中不可忽略的一位。李清照是婉约派词人代表之一,很多人喜欢她的诗词,尤其是她后期的诗词,特别凄婉,读来让人怜惜叹惋,比如最著名的"冷冷清清,凄凄惨惨戚戚"。

这些哀婉凄苦的词都是李清照经历了第一任丈夫死亡,国破家亡后又遇到了第二任丈夫骗婚,然后又离开丈夫这一系列悲伤的事情之后作出来的。女人在经历了这些事情之后,还有谁能用欢快的语调来诉说自己的遭遇呢。

后期的李清照是愁苦凄凉的,但是前期的她绝对是个幸福的小女人,比如我们很熟悉的一首词里,就写出了她的欢愉:

常记溪亭日暮，沉醉不知归路。兴尽晚回舟，误入藕花深处。争渡，争渡，惊起一滩鸥鹭。

　　当时的她正处在跟第一任丈夫赵明诚的幸福之中，做什么事情都是那么的幸福快乐，那么的满足。她除了一身文艺范爱写词之外，还有两大爱好，一个是爱香，一个是爱茶。爱香这里不谈，我们说说她的爱茶，她因为爱茶，还写过不少与茶有关的词，比如这一首《小重山》：

春到长门春草青。江梅些子破，未开匀。
碧云笼碾玉成尘。留晓梦，惊破一瓯春。
花影压重门。疏帘铺淡月，好黄昏。
二年三度负东君。归来也，著意过今春。

　　看着红梅吐蕊，碧草盈门，一派早春景色。李清照面对春景，一边煮茶一边追忆晨梦，思绪万千，无限憧憬，却不料都"惊破"在一瓯春茶之中了。词中很详细地写了忆梦，碧云笼碾茶，后来梦被惊破在一欧春茶中的过程。

　　除了写跟茶有关的词，李清照还喜欢跟丈夫赵明诚玩赌书泼茶

的游戏,她在《金石录后序》中就说过:

> 余性偶强记,每饭罢,坐归来堂烹茶,指堆积书史,言某事在某书某卷第几页第几行,以中否角胜负,为饮茶先后。中即举杯大笑,至茶倾覆怀中,反不得饮而起。甘心老是乡矣,故虽处忧患困穷,而志不屈。

意思是说,那时候她常与丈夫赵明诚比赛看谁的记性好,比谁能记住某事记载于某书某卷某页某行,然后查书,看看到底谁赢了,赢的人可饮茶以示庆贺。有时他俩太过高兴,不觉让茶水泼湿衣裳。

后来,纳兰容若曾在《浣溪沙》一词中用过此典,全词曰:

> 谁念西风独自凉?萧萧黄叶闭疏窗。沉思往事立残阳。
> 被酒莫惊春睡重,赌书消得泼茶香。当时只道是寻常。

当时只是觉得很稀疏平常,多年之后才发现这是多么美好的一段时光,是那么的值得人去回味。当年的李清照、赵明诚夫妇还很喜欢行茶令，那时候的行茶令也十分流行，只是后来并没有流传下来，倒是赌书泼茶的风雅事，一直被延续到了现代。学界泰斗钱钟书先生与妻子杨绛先生就喜欢在笔耕之余效仿赵明诚、李清照夫妇行茶令。钱钟书先生还曾写了这么一首诗：

黄娟无词夸幼妇，朱弦有曲为佳人。
翻书赌茗相随老，安稳坚牢祝此身。

多么情深意重，又何其有情趣，只是现如今两人都已经作古了。那么这些文人雅士所推崇的行茶令到底是什么呢？

行茶令最早出现在唐代，一开始的时候是以续诗"接龙"形式，三五诗友促膝围坐，围绕一个茶的题材续成茶诗，谁续不上诗就要当场受罚。如有一首著名的五言联句茶诗《月夜啜茶》，作者共有六人，他们是颜真卿，著名书法家，开元进士，官至吏部尚书、太子太师；陆士修，嘉兴（属浙江）县尉；张荐，工文辞，是史官修撰；李萼，擢制科，历官庐州刺史；崔万，生平不详；清昼，即僧皎然，著名诗僧。他们在一次品茗行令中，创作出了一首脍炙人口的五言联句茶诗，诗曰：

泛花邀坐客，代饮引情言。（士修）

醒酒宜华席，留僧想独园。（张荐）

不须攀月桂，何假树庭萱。（李萼）

御史秋风劲，尚书北斗尊。（崔万）

流华净肌骨，疏瀹涤心原。（真卿）

不似春醪醉，何辞绿菽繁。（皎然）

素瓷传静夜，芳气满闲轩。（士修）

　　虽然品茗行令在唐朝的时候就已经出现了，但是它的兴盛与发展是在宋代，因为宋代斗茶的兴起，茶令才渐渐开始流行起来，最早流行于我国的江南一带。据《中国风俗大辞典》载："茶令流行于江南地区。饮茶时以一人令官，饮者皆听其号令，令官出难题，要求人解答或执行，做不到者以茶为赏罚。"所以，在逢年过节、婚庆喜事、亲朋相聚时，用茶作宴，若能创出妙趣横生的茶令，必能使人其乐融融，其情悠悠，增加其喜悦气氛。

　　南宋龙图阁学士王十朋精文通诗，也十分好茶令，他曾在诗中写道："搜我肺肠著茶令。"他还介绍行茶令的形式，注道："余归，与诸子讲茶令，每会茶，指一物为题，各举故事，不通者罚。"

只是最后行茶令也跟宋代的斗茶、点茶一般，在文化的河流中渐渐被淡忘、湮没，最后变得无人问津，也鲜有人知晓了。现在知道得多的一般都是行酒令，至于行茶令，知之者甚少，让人为之感到无限惋惜。

第七章 从暹罗茶说外国的『中国茶』

红楼之美，在于细节，曹雪芹在小说故事的基础上描绘了很多古代趣事，向我们介绍了许许多多我们可能没办法在史书上或者是电视剧中知道的事情。作者也将自己的喜好于细节处呈现给我们，比如茶。

对于茶，曹雪芹有着自己的喜好，他爱喝茶，爱得广泛，就像是贾宝玉喜欢女孩子一般，那些或名贵、或香醇、或奇妙的茶，他都愿意去尝试。不在乎茶的分类，也不在乎茶的国籍，只要是茶，他都愿意去尝试，去了解。只要是茶文化，他也愿意去涉猎，可谓是海纳百川，有容乃大。

红楼中的茶真可谓小说中茶文化的推广大使，曹雪芹借着红楼中的人介绍了茶的方方面面，将陆羽《茶经》中的知识在小说故事中讲述出来,同时也将自己所知所见的茶叶、茶文化、茶事,借助故事情节慢慢诉说出来。

红楼的茶不仅有当时的主流茶,也有一些我们很少知道或者接触的茶,比如说海外的茶。因为要介绍外来的一些文化和事物,所以特地安排四大家族中的王家来介绍。在第十六回中,凤姐曾经这样描述过自己的爷爷:"那时我爷爷单管各国进贡朝贺的事,凡有外国人来,都是我们家养活。粤、闽、滇、浙所有的洋船货物都是我们家的。"从这句话中我们可以知道,四大家族中的王家曾经从事过国际贸易,还负责过外交工作,这也就是为什么贾府或者说四大家族会有很多的洋玩意儿,我们也就不难理解为什么贾芸要跟凤姐借屏风,凤姐又为什么能够在第二十五回的时候说出暹罗国茶叶的事情,且看原文:

凤姐道:"我前日打发人送了两瓶茶叶给姑娘,可还好么?"黛玉道:"我正忘了,多谢想着。"宝玉道:"我尝了不好,也不知别人说怎么样。"宝钗道:"口头也还好。"凤姐道:"那是暹罗国进贡的。我尝了不觉怎么好,还不及我们常喝的呢。"

品一段红楼
饮一杯香茗

　　大致介绍一下这一回的故事情节，这回主要讲的是，贾宝玉之前在王夫人那里想要跟彩云玩，贾环吃醋故意推倒了油灯把贾宝玉给烫伤了，贾宝玉在怡红院养伤，姐妹们来看他，大家在一处说笑。这是上半部分，下半部分是说赵姨娘让马道婆作法祸害贾宝玉跟王熙凤，结果这叔嫂二人就疯了似的，差点死掉。

　　凤姐说这段话的前后情节是，王熙凤来看宝玉的时候碰到了林黛玉等人，就随口问起了暹罗茶叶的事情，别人倒还好，偏林黛玉吃着觉得蛮好，很喜欢。贾宝玉、王熙凤就打算把自己现有的给她，王熙凤就借此用宝黛的婚事打趣两人。由此引出暹罗国的茶，却对于茶叶的描写很少，只有两点：一是暹罗国进贡的，二是这个茶味道清淡，但是颜色不大好，所以喜欢的人不多，大概大观园中也只有林黛玉喜欢了。在此引申一点，虽然说这是暹罗国进贡的茶，但不一定是暹罗国最普及或者说最具暹罗国特色的茶。

　　为什么这么说呢？举个例子，中国有五十六个民族，除了汉族之外，还有很多的少数民族。他们的生活习惯都有自己的特性，自然他们的茶也有民族特色，比如酥油茶、香茶等等。民族特色的形成跟当地的环境、民族的历史，还有他们所拥有的生活条件有很大的关系。比如江南地区比较富足，雨水多，四季分明，比较适合绿茶的生长，所以江南人比较喜欢喝绿茶；而游牧民族，他们天天喝酒吃肉，最需要的是解腻，所以一般黑茶喝得多。

一般来说，江南人对于黑茶的接受度要比绿茶低很多，六大类茶，都是用清饮法冲泡的。他们并不是每种茶都能接受，更何况是六大类茶之外的具有民族地域特色的茶，就更加让人难以接受了。另外一点，江南人生活富足，水源充沛，所以泡茶的时候要温杯，洗茶，最后再泡茶品茗，很讲究。这不仅是为了泡出更好的茶，也是干净卫生的要求，但是有些地方水源紧张，他们连洗澡都是奢求，更别说是洗茶、洗杯了。所以如果在江南人面前泡一杯脏兮兮、油腻腻的茶，江南人肯定难以下咽。

一个国家内尚且如此，更何况是别的国家的茶，每个国家因为自己的地理位置以及历史文化，都有特定的一套行为习惯。真正的暹罗茗茶也许只适合暹罗本国人，要进贡到中国，他们自然会选择更适合中国人饮用的茶。暹罗国与我国在元明清时期关系密切，贸易频繁，中国的茶在世界上又有着重要的地位，所以暹罗在那时候也会学习到中国的制茶方法，制作出与中国的茶相类似的茶叶，这样的茶叶进贡到中国，才更符合中国人的口味。

由此推测，《红楼梦》中提到的暹罗进贡的茶，应该也是仿效中国制茶方法制作的，而并不是具有暹罗本土特色的暹罗茗茶。

说完《红楼梦》中的暹罗茶，再来说说一些暹罗真正的本土茶。首先介绍一下暹罗。暹罗（xiān luó），是古代对泰国的称呼。泰国的特产有很多，有暹罗猫、小鬼、四面佛等，当然泰国的茶也是很有特色的。泰国其实也是一个产茶古国，但是跟中国的茶不同，泰国的茶首先是冷茶，其次，泰国的茶一般是做医药用的。泰国最广泛饮用的茶是暹罗茗，是先将有三四叶嫩芽的茶叶连茶梗摘下，一般都是右手摘，递与左手，至手握满，用竹丝捆紧成束，名为一干。每干鲜叶蒸两小时，冷却后置于篮中或竹筒中紧压，使其发酵，经一个月即可食用，能保藏一年不坏。这款茶是用来咀嚼的，所以又称为口香茶。

除了这款茶之外，泰国还有一些茶，比如冰茶。因为泰国地处东南亚，纬度较低，气候炎热，为了降温，泰国人喜欢在茶水里面加冰或者直接冷冻茶水，等茶冷却之后再饮用。他们也喜欢在冰茶中放入薄荷，增加清爽凉快的感觉，或者加入新鲜水果汁，使之成为一款独家秘制的果茶。这样的制茶方式现在在各国都比较流行，如柠檬红茶、青梅绿茶等。

泰国另外一款比较著名的茶就是腌茶。这款茶来自我国云南的少数民族。因为泰国北部地区与中国云南比较接近，而云南人有喝腌茶的习惯，泰国人便效仿之。腌茶一般在雨季制作，所用的茶叶是不经加工的鲜叶。制作时，姑娘们首先将从茶树上采回的鲜叶用清水洗净，沥去鲜叶表面附着的水后待用。然后用竹匾将鲜叶摊晾，使其失去少许水分，再稍加搓揉，加上适量辣椒、食盐拌匀。最后将其放入罐子或竹筒内，用木棒层层舂紧，将罐（筒）口盖紧，或用竹叶塞紧。静置两三个月，至茶叶色泽开始转黄，就算将茶腌好了。腌好的茶从罐内取出晾干，然后装入瓦罐，随食随取。

腌茶一般的食用方法有些类似于暹罗茗，但是讲究一点的，食用时还可拌些香油，加蒜泥或其他佐料。这种吃法类似于中国的凉拌黄瓜，所以它可以说是凉拌茶叶，当然这是玩笑话。但是泰国的饮茶方式确实跟中国的饮茶方式有很大的不同，值得相互借鉴，取长补短。

从中国茶道得到了启发，最后形成了自己茶文化的国家可以说比比皆是。比如中国的两大邻国，韩国与日本，就是在学习和借鉴中国茶道的基础上有了自己的传承与发展，形成了具有本国特色的茶文化。

先介绍下韩国的茶。韩国的茶文化起源于中国，而中国现在流行的茶却又来自韩国。韩国的茶文化有千年的历史，最早在朝鲜三国时期，茶叶就从中国引入了朝鲜半岛，据朝鲜《三国史记》记载，善德女王时期就已经有茶叶了，而茶叶之所以能够传到朝鲜，则不得不感谢一个叫崔致远的学者。很多文化的流通真的都离不开学者和传教士，比如马可波罗、崔致远。当时崔致远带着一腔好奇与向往来到了中国，见识到了唐朝人的煎茶方法，当时的茶还不是冲泡清饮法，而是煮茶。茶文化从此在他的心中生根发芽，他喜欢茶，并因此学习茶，还曾经写了《谢新茶状》，其中就记录了唐朝的煎茶方法。

崔致远回国后，就将唐朝的煎茶方法一并带了回去。这时候茶文化才开始在朝鲜有了生根发芽的机会，但是茶文化的发展是在高丽时期，这一时期高丽五行茶礼的发展规模宏大、内涵丰富，突破了传统茶礼模式，成为朝鲜半岛最高层次的茶礼。

直到朝鲜王朝早期，中国传统茶文化在朝鲜依然兴盛不衰。到了朝鲜王朝中、晚期，中国传统茶文化在朝鲜半岛开始衰退并在民间逐步消失。从大范围来看，茶文化是在衰败，甚至逐步消失，但是从小范围来看，茶文化在小众之中，还是在不断传承与发展的。

后来在朝鲜学者丁若镛、金正喜、草衣禅师等努力下，茶文化又渐渐恢复。丁若镛著有韩国第一部茶书《东茶记》，草衣禅师曾在丁若镛门下学习，著有《东茶颂》和《茶神传》，被尊为茶圣。

中国茶文化到了韩国之后，一度成为主流文化，在此基础上，韩国的茶文化也逐步形成，并且得到了发展。但是经过了一段时间的传承之后，传统茶文化渐渐没落。与此同时，韩国在传统茶文化中得到了启迪，既然茶叶发酵之后可以成为有利于身体健康的一种饮品，那么其他的植物水果是不是也能够在发酵之后起到同样的养生作用呢？在这个基础上，韩国本土传统茶文化开始萌芽，他们不使用茶叶，但却可以用几百种材料制成茶。在其中加入蜂蜜，茶就没有了涩味，取而代之的是一种酸酸甜甜的味道，带着果香。

他们也不用开水冲泡，而是将原材料长时间浸泡、发酵，或者熬制，形成一种天然全新的健康饮品。在借鉴中国茶的基础上创造出具有本国特色的茶，现在韩国本土的茶有：

果茶系列：大枣茶、水正果、柚子茶、枸杞子茶、五味子茶、梅实茶、木瓜茶、山茱萸茶、橙子茶等。

谷物系列：菩提茶、玉米茶、玄米茶、米茶、决明子茶等。

花草茶系列：绿茶、桑叶茶、柿叶茶、松针茶、菊花茶、薄荷茶等。

养生保健茶系列：灵芝茶、松花蜜水、橘姜茶、双花茶、杜仲茶、冬葵子茶、杏仁茶、甘露茶等。

介绍完韩国的茶与茶文化，再来说说日本。日本的茶艺中，很多会用到煮茶，日本茶的颜色也比较鲜亮，比如绿茶和抹茶。

抹茶，看到这两个字很多人是不是会想到日本的抹茶粉，还有很多抹茶味道的糖果糕点之类。在日本，抹茶随处可见，我们在食品中接触到的抹茶有一股浓郁的茶味，特别甜，碧绿的颜色特别鲜活，就像新鲜的茶叶一般。到日本，如果非要带一款日本本土特色的茶，很多人都会选择抹茶，因为大家都认为抹茶是日本的特产。

这里要解释一下，茶的制作工艺始于中国，也就是说世界上各种茶的制作工艺都是中国制茶方式上的改良。抹茶就是其中比较典型的中国式外来茶。抹茶的制作工艺是蒸青，这是在中国制茶中已经很少用到的一种制茶方法，中国的绿茶以炒青、烘青为主。蒸青散茶在中国几乎已经绝迹，而日本的抹茶就是中国曾经的蒸青散茶。

日本抹茶都是粉末状，跟中国的绿茶有很大的差别。因为散茶清饮是宋代以后才有的冲泡方式。其实唐朝还是以茶粉煮茶的方式来泡茶品茗的，而日本沿袭了宋朝的茶叶冲泡品茗方式。

抹茶早在神农尝百草时期就有了，《神农本草经》一书曾经指出："神农尝百草，日遇七十二毒，得茶而解之。"书中虽然没有明确写出神农氏尝的到底是什么茶，但是结合当时的年代，以及后来的一些文字资料的记载，可以推算出，当年神农氏尝的是野生大茶树。野生大茶树现在依旧存在。神农氏当时将茶叶当作药嚼碎吞入腹中，迈出了人类吃茶的第一步，被誉为"抹茶鼻祖"。

到了唐朝，人们发明了蒸青散茶（碾茶），还审定了评茶色香味的方法，茶成为人们不可或缺的日常饮料。《茶经》记载："始其蒸也，入乎箪，既其熟也，出乎箪。釜涸注于甑中，又以谷木枝三亚者制之，散所蒸牙笋并叶，畏流其膏。"

到了宋朝，品茶发展成了茶宴，当时最为有名的评茶专家、大文豪蔡襄在《茶录》中评述了抹茶的饮茶方法：把团茶击成小块，再碾成细末，筛出茶末，取两钱末放入烫好的茶盏，注入沸水，泛起汤花，品尝色、香、味，佳者为上。

唐宋时期是中国茶的兴盛时期，同时也是日本茶的萌芽期，当时中日关系友好，日本经常派遣使者来到中国学习中国的文化，还有一些中国的饮食起居。在这期间，日本的遣唐使来到中国，将中国的茶道带到了日本。但是当时遣唐使带回去的只有茶、制茶技术，还有茶道，却不曾将中国的茶树引进日本。所以唐朝后期动荡，日本的茶道一度中断。直到宋朝时期，人们奉行茶文化，点茶建盏，各种宫廷茶宴、寺庙茶宴、文人茶宴如同家常便饭。南宋晚期，大量日本僧人入宋学习禅宗，在继承了禅门法脉的同时，也把茶道和茶树一起带了回去。

虽然禅茶文化由僧人一同传入了日本，但是照葫芦画瓢式的学习，最后也只能学其形而不能精其髓。所以尽管日本照猫画虎，也有了自己的茶文化，但是很多中国制茶的方法仍是没有掌握到，比如中国的炒青、烘青工艺，日本都没有学会。日本只学会了蒸青技术，并在自己的传承中创新出了抹茶。

除了东亚、东南亚的茶文化源自中国，欧洲国家的茶文化也与中国有着千丝万缕的联系，比如英国的英式下午茶。英国的茶文化类似于韩国的茶文化，都是来源于中国，但是却在其本土转了一圈之后创新了一些东西，又以外来茶的形式传入中国，并受到了国人的推崇。

英式红茶起源于中国的红茶，结合当地特色，英国人把牛奶加入到了茶中，将单纯的茶变成了奶茶。然后再配上点心和美丽的茶具，一群悠闲的阔太太、名媛品茶聊天，如此一来，便逐渐形成了具有英国特色的下午茶活动。

晚清以前的中国在文化传播上其实是很开放的，与国外的邦交也一直很好。早在公元 5 世纪，中国茶叶就远输到土耳其，自隋唐以后，中国与西方的交往就没有间断过，其中就包括了茶叶贸易的往来，但是那时候只出口茶叶，却不出口茶种。

到了 18 世纪 80 年代，这种情况才有了改变。当时有一个名叫罗伯特·福均的英国植物采集家，他一来到中国，就被中国的茶叶深深吸引了。一棵小小的茶树，既可以制作饮料，也可以当作药用，这在他们国家是没有的。所以他将茶叶种子放入一个用特殊玻璃制成的便携式保温箱中，偷偷地带上了开往印度的轮船，然后在印度培育了 10 多万株茶树苗，这样，大规模的茶园就出现了。

但是印度的消费能力有限，这么大的茶叶产量，印度本国是没办法消化的，只能出口外国。为了拉动国家的财政，这些茶叶被陆续运往英国销售。由于长途贩运，数量不多，红茶到达英国后身价倍增，只有富有的英国贵族才能够品尝得起这种珍贵稀少的印度红茶，随着茶叶贸易的发展，英国的红茶文化也逐渐形成。

红茶源于中国，当时红茶产量最多的也是中国，但是英国却

品一段红楼
饮一杯香茗

把他们国家的红茶做成了世界红茶的标准。中国的红茶经过了多道工序的制作之后，可以保存很久，但是外国的红茶，包括其他的茶，都没有中国茶这么久的保质期，茶叶的质量也没有这么好，制作完成之后的茶叶可以说是良莠不齐。而且冲泡的次数也没有中国茶叶那么长久，可以冲泡七八遍。于是聪明的英国人就想到了一个办法，将整片的茶叶打碎，变成红碎茶，一如日本将抹茶打磨成了抹茶粉，这样就化解了茶叶口味参差不齐与冲泡时间短的尴尬。看不到茶叶，就看不到汤底，就没办法知道茶叶的质量与制作工艺的好坏，只要茶汤好喝就是好的。

在红碎茶的基础上，英国人根据自己的本土特色，在红茶中加入了牛奶，增加了一层奶香味，从而掩盖了一些做坏了的红茶味。加入糖，在口感上更容易让人接受。但英国人觉得只喝茶有些单调了，所以他们在聚会的时候会加一些点心，英式下午茶的特点是美丽的茶具，诱人的红茶，还有可口的茶点。英式下午茶的茶点是分层的，最上面是咸味的，中间层是咸甜夹杂的，最下面是甜味的，从上吃到下，从咸的吃到甜的，是很讲究的工序。

现在，这样的英式下午茶也漂洋过海来到了中国，奶茶铺的珍珠奶茶灵感就来自于英式奶茶，但是没有那么讲究，而是直接用奶茶粉冲泡的。咖啡馆、奶茶店也像英式下午茶一样，店里提供让客人喝下午茶的场所，茶点也是咸的甜的都有，讲究的也是分层的，一般是随客人自己点。草根一点的，干脆就中西合璧，有茶、有奶茶、有咖啡、有点心、有饭、有菜，可以来吃饭，也可以来喝下午茶。

第八章 从喝茶看红楼人物的性格

《红楼梦》第二十五回涉及到茶的虽然就那么简单的几句话,但是所透露出来的信息却是极丰富的。从凤姐关于暹罗茶的对话中,大致讲述了中国传统的茶如何在外国创新之后,变成了一款款地地道道的外国茶。这个章节,我们不说茶,说说喝茶的那些人,还是从那段话讲起:

> 宝钗道:"味倒轻,只是颜色不大好些。"凤姐道:"那是暹罗国进贡的。我尝了不觉怎么好,还不及我们常喝的呢。"黛玉道:"我吃着却好,不知你们的脾胃是怎样的。"宝玉道:"你说好,把我的都拿了吃去罢。"凤姐道:"我那里还多着呢。"

黛玉道:"我叫丫头取去。"

这段关于暹罗茶的简短对话,其中涉及了四个人和一件事,四个人分别是凤姐、黛玉、宝玉、宝钗,一件事就是暹罗茶,这暹罗茶是凤姐的,它来自哪里呢?凤姐说这是进贡的茶,外交大臣家就是这点好,时不时能尝个鲜,普通人没有看过的、不知道的东西,他们都可以看个新鲜。

知道这个茶的名字和来源之后,我们再来看看四个人对这个茶的态度。首先是凤姐,她直截了当地就说自己不喜欢。在她眼里这什么进贡的名茶,还比不上自己往日里喝的,好大的口气,贡茶还没自己平时喝的好喝,果然是凤姐的性格,霸气外露。接着是宝玉,他觉得按道理应该是好的,但他觉得并不是很好,也不知道别人是个什么意思。不愧是公子哥儿,什么时候都忘不了姐姐妹妹。接下来是宝钗,她觉得,味道是可以的,清淡适宜,就是颜色不大灵光。也是不喜欢的,但是宝钗说话很有水平,先扬后抑,难怪人际关系处理得这么好。前三个都是不喜欢的,最后是林黛玉,却截然相反地说喜欢,只表明喜欢的态度,一句话就说完了。

四个人,两种不同的态度,但是说话的方式却各不相同,也非

品一段红楼

饮一杯香茗

常具有自己的性格特色。下面我们来做个简单解读，从第一个表态的凤姐开始说起。王熙凤来自四大家族中的王家，背景强大，腰板够硬，什么时候都抑制不住她的女强人范，说话做事干脆爽利，甚至有时比男人还心狠手毒，比如对付贾瑞的时候，那叫一个快准狠，没有丝毫手软。在表明自己对茶叶的看法的时候，她也很直接，不喜欢就是不喜欢，还比不上自己平日里吃的呢。但她这话又表明了她的两个性格特点：一个是爽快，一个是传统。

先说说爽快，王熙凤从出场到后来的离去，作者对这个人物的刻画就是个胆大心细、爽利敏捷之人。比如第一次出场的时候，未见其人，先闻其声，别人站在那里大气都不敢喘，她倒好，发着笑声就出现了。一见面说话也是快准狠，先客套寒暄了一下，点名林黛玉长相出众，与众不同。接着就开始例行公事，询问林黛玉初来贾府的一些感想，告诉她以后有什么事情找她，工作交接完毕，不拖泥带水。

后来协理宁国府的时候也是定好了来的时间，安排好下人们，之后就定好规矩，绝无二话。有人犯规了，那就按说好的规矩惩罚，绝没有什么情有可原之说。该赏就赏，该罚就罚，没有半句废话，就像是一盆火，说烧就烧了，特别爽气。烧得旺盛，也烧得明亮，连冷子兴都说男人都比不上她。

在红楼这么多的女性人物中，能够这样干脆决绝、说一不二、如此有男子气概的也就属她了。王熙凤是非常男性化性格的一个人，看人也极准，早早就把大观园里这么多的姑娘看透了，对林黛玉、薛宝钗、贾探春都有很准确的认识，所以才会让平儿应付的时候小心些。

王熙凤绝对是按男人模式塑造的一个女人，她就是大观园中的女强人，自己也十分好强。这是一个外在的体现，但是她的内在是一个十分传统，也很温柔的女性，这就要说王熙凤性格的第二个特点——传统。王熙凤为什么不喜欢这款茶呢？她接受了中国传统茶叶的影响，觉得那样的茶才是好的，而这茶没有自己喝的茶好，那就是不好。

王熙凤不仅对茶叶存在一个传统中国式的认知，对很多的事情，她都是传统中国式的认知。比如说男人三妻四妾这件事情，她不希望贾琏纳妾，但是她接受贾琏纳妾。为什么？因为这就是当时传统的常态，封建社会时期，男人就是应该三妻四妾，便于繁衍子嗣的，她只能接受，然后用自己的法子找自己信得过的人做贾琏的房中人。这时候的她是软弱的、无助的、令人同情的。

其实贾琏也不是没有孩子，他跟王熙凤是有一个女儿的。但是当时的观点是女儿不能继承家业，在极其重男轻女的年代，她想要保住自己的地位，除了依靠娘家之外，只能靠自己的肚子。所以她还是选择了怀孕，在事业高峰期的时候怀孕，她想做到兼顾，但是最后的结果却是竹篮打水一场空，男婴到底还是没有保住，所以她只能在气愤与委屈中接受贾琏娶小妾。

除此之外，在房事方面她也是比较传统的，在第二十三回中，曹雪芹曾经这样隐晦描写过两人的房事：

"……只是昨儿晚上，我不过要改个样儿，你就扭手扭脚的。"凤姐儿听了，嗤的一声笑了，向贾琏啐了一口，低下头便吃饭。

不管如何泼辣，王熙凤首先还是一个保守的女人，所以在贾琏想要寻找一些新鲜刺激的时候，王熙凤是传统的、被动的、羞涩的，她是爽利与传统的结合体，是矛盾的，却也是鲜活可爱的。

再来看看贾宝玉的回答以及他的性格。贾宝玉的回答是这茶应该是好的，只是他自己不喜欢，所以要问问别人的意见。很符合贾宝玉性格的一个回答。有观点认为，黛玉是没出家的妙玉，妙玉是出家了的黛玉。个人却觉得，宝玉是没出家的妙玉，妙玉则是出家了的宝玉。为什么这么说呢？因为宝玉跟妙玉之间有很多的相似之处，比如两人的兴趣爱好，两人的待人接物，以及两人本质上的性格特征。

很多人对妙玉的感觉是有洁癖、孤傲，很不好接近。对于宝玉的评价是阳光灿烂、乐观向上，喜欢跟姐妹们相处。除了文艺范，看似在性格方面完全不一样的两个人，为什么会说宝玉是没有出家的妙玉呢？

我们先从茶出发看看两人的相同之处。两人都爱茶，也爱品尝收集不一样的茶。宝玉房里描写过的有枫露茶、暹罗茶、普洱茶等；栊翠庵里的茶叶有六安茶、老君眉，还有后来请宝黛钗喝的体己茶等。宝玉喝茶的时候讲究的是泡茶模式，而妙玉泡茶的时候讲究的是泡茶的茶具。讲究的点不一样，但是对于茶，两人都是讲究的。

除了茶之外，还有待人接物方面。很多人觉得妙玉孤僻，宝玉广交，其实不是的。妙玉因为自己身份背景的关系，选择的朋友有限，她只是按照自己的喜好选择朋友，却不是根据人的等级选择朋

107

友的，比如，贫寒的邢岫烟、寄人篱下的林黛玉、商人家的薛宝钗、家道中落的史湘云，还有大富之家的贾宝玉。她对他们都是一片赤诚，与他们喝茶、聊天、参禅、联诗，十分雅致。而贾宝玉也不是什么人都结交的，他只喜欢女孩，却不喜欢婆子，也不喜欢贾雨村那样的仕途中人，甚至不喜欢自己的父亲。他好客，对身边的人都好，却也会对家里的婆子发火。

面对客人的时候，宝玉也会拿出一派富贵人家的规矩来，十分循规蹈矩，在外人看来各方面也是极好的。而妙玉在接待贾母、刘姥姥等人时，也是十分懂得进退，完全没有看出半分对刘姥姥的鄙视，只是在喝体己茶的时候才表现出自己对刘姥姥的厌恶与看不上。但在大部分人面前的时候她还是十分得体的，完全没有将她的洁癖表现出来，由此可见两人在待人接物方面也是很相似的。

妙玉最为人所诟病的就是她的洁癖与孤傲，不要说是那些下人们不喜欢她，就是大观园里的人也是不喜欢的。比如李纨就曾经公开表示过自己不喜欢妙玉，就连邢岫烟也说过妙玉是个难以相处的人，曾经称其为畸人。但其实贾宝玉也是大观园中的怪人，他是富家公子，但是却没有像其他的纨绔子弟一样吃喝玩乐，玩戏子，不务正业，仗势欺人。贾宝玉是一个反传统的卫士，在那个年代，丫鬟没有什么地位，但是他却十分尊重这些小丫鬟，他把她们当作人来尊重。不管是哪一房里的丫鬟，谁也不能像晴雯一样，想发脾气就发脾气，让主子伺候你，生个病还被人以为是小姐。只有宝玉房里的丫头，相比来说才是最无忧无虑的，主人有时候还要看下人的脸色。这也是宝玉的怪癖之一，他绝对是豪门公子中的异类，或者说怪物。

再往下看，说到洁癖，贾宝玉也是有洁癖的。女孩子怎么对他都可以，他都会哄着她们，怜惜她们。但要是婆子或者是刘姥姥这样的，那就绝对不可能了。还记得芳官的干娘怕芳官伺候不好贾宝玉，过来帮忙的时候，贾宝玉的表现吗？还有刘姥姥喝醉了酒，误闯了怡红院被袭人发现之后，袭人用了多少香才把这个事情给盖过去了。还记得当袭人看到刘姥姥在怡红院的时候，两人的惊恐与害怕吗？同样都是女人，生了孩子跟没生孩子的差别，很明显的就在贾宝玉这边表现出来了。

对女人尚且如此，贾宝玉对男人就更加厌恶了。比如秦可卿出殡的时候，他没有跟男人们住在一起，而是拉着秦钟跟着王熙凤到了水月庵。还有在秦可卿的葬礼上，那种对男人的厌恶，浑然天成的洁癖并没有比妙玉少多少。只是因为两人生活背景不同，所表示

品一段红楼
饮一杯香茗

的方式不一样罢了，一个比较收敛，一个比较外放。

至于诗词和佛禅方面的理解，那是因为两人学习的不同有些高下而已，但是从本质上来说两人其实是一样的。所以在平时说话的时候，宝玉有时说的话也很让人回味，粗听觉得是傻话、痴话，细想想绝对有深意。所以说，宝玉是未出家的妙玉，妙玉是出家了的宝玉，从他们的性格以及平时的说话可见一斑。

接着来说说最懂说话艺术的宝钗，宝钗那话的意思就是说，这茶有好的地方，但是她不是很喜欢。先夸了一下这个茶的味道淡，然后在汤色方面否决了这茶。宝钗从一出场就很有领导范儿，言行举止中都充满着领导的气场。

她很聪明，是所有女孩子中最早认清自己身份地位的一个人，而且十分冷静，过早地就把不必要的一些七情六欲刨除了。她在处理每件事情的时候都很清楚自己要什么，该怎么做，听起来有点像工作机器人，事情做得很完美，就是少了那么点情意。

薛宝钗来贾府的时候，是为了待选陪读才进京的。借住在贾府里，她很清楚自己的身份地位，以及跟贾府之间的关系，所以她跟所有的人都保持着良好的关系，跟林黛玉、迎春三姐妹、史湘云等都是非常友好的。在她的朋友中，你看不到三六九等。所谓的跟史湘云好,或者是跟林黛玉关系怪怪的,那是因为史湘云喜欢薛宝钗,非要跟她靠近,林黛玉不喜欢薛宝钗,时不时就会刺她一下。但对于她来说,所有的人都是一样的,在处理友情的时候,她也是非常理智的。

包括对待自己的母亲以及哥哥、香菱和自己的丫头的时候,她都非常清楚自己的位置,绝不会走错一步。按照相处的时间来说,莺儿应该是跟她相处时间最长的,但是她对莺儿只有主仆之情,没有半点越界的情分。莺儿做错事情的时候,她教育的口气也是非常严厉,而不是朋友或者姐妹之间的那种感觉。所以在金钏儿投井自尽这件事情上,她说的话会让人觉得那么的无情与冷静。

对于房间的陈设也是必备就好,她的房间里只有自己所用的必需品,没有任何多余的装饰,所以被叫作雪洞。要按照现在的话说,就是标准的宾馆,只是不知道是几星级的,随时可以拎包入住,也随时可以拎包走人。

她是大观园里唯一一个不出家,但却又不喜欢花儿粉儿的女孩子,像个机器人,一切都是标准化的,没有一丝多余。书中的她很少有大喜大悲的情绪,好像就哭过一次,在薛蟠生气口不择言拿她跟贾宝玉说事的时候哭了。哪个女孩子被人拿来跟别的男人说事还会无动于衷的，所以在薛蟠说这个的时候她必须哭，为自己哭，也为自己的哥哥哭。哥哥是家里唯一的男丁，他要是不争气，这个家就完了，家完了她也就完了，所以她哭了。

还有一次是生气，很好玩的一个桥段。之前林黛玉怎么话中带刺，她都装作没听到，偏偏在听戏，所有人都在场的时候，因为贾宝玉一句无心的话，她忍不住就恼了，原文如下：

> 宝玉听说，自己由不得脸上没意思，只得又搭讪笑道："怪不得他们拿姐姐比杨妃，原也富态些。"宝钗听说，登时红了脸，待要发作，又不好怎么样；回思了一回，脸上越下不来，便冷笑了两声，说道："我倒像杨妃，只是没个好哥哥好兄弟可以做得杨国忠的！"正说着，可巧小丫头靓儿因不见了扇子，和宝钗笑道："必是宝姑娘藏了我的。好姑娘，赏我罢。"宝钗指着她厉声说道："你要仔细，你见我和谁玩过，有和你素日嘻皮笑脸的那些姑娘们，你该问他们去！"说的靓儿跑了。宝玉自知又把话说造次了，当着许多人，比才在黛玉跟前更不好意思，便急回身，又向别人搭讪去了。

黛玉听见宝玉奚落宝钗，心中着实得意，才要搭言，也趁势取个笑儿，不想靓儿因找扇子，宝钗又发了两句话，她便改口说道："宝姐姐，你听了两出什么戏？"宝钗因见黛玉面上有得意之态，一定是听了宝玉方才奚落之言，遂了她的心愿。忽又见她问这话，便笑道："我看的是李逵骂了宋江，后来又赔不是。"宝玉便笑道："姐姐通今博古，色色都知道，怎么连这一出戏的名儿也不知道，就说了这么一套。这叫作《负荆请罪》。"宝钗笑道："原来这叫《负荆请罪》！你们通今博古，才知道'负荆请罪'，我不知什么叫'负荆请罪'。"一句话未说了，宝玉、黛玉二人心里有病，听了这话，早把脸羞红了。

　　众人都没有反应过来，就因为贾宝玉没话找话，无心之失说了一句她像杨贵妃就怒了，而且是大怒。首先怒怼宝玉，然后丫鬟来问她扇子，又怒怼丫鬟，林黛玉问她什么戏，她说话也没好气，贾宝玉接话继续怒呛贾宝玉、林黛玉，将两人说得无言以对。这真是宝姐姐不出手则已，一出手就天下无敌了。

　　薛宝钗为什么会怒呢？因为在她心里面，杨贵妃不仅仅是胖，还有生活作风的问题。杨贵妃的人品和她的美一样，自古以来都是被认定的。历史认定的杨贵妃是美的，但却不是什么好女人，是红颜祸水，也是个道德败坏的女人，她先是李隆基父子的宠妃，后来又跟安禄山搞不清楚，这样的女人是哪个年代都不能接受的，所以贾宝玉拿她跟这样的女人相提并论，她怎么可能不怒呢？

所以她怒了，也是该怒了。要是这时候不怒，所有的人都会觉得她脾气好，说什么、做什么都是无妨的，没有底线的。那么以后林黛玉或者是其他的女孩子对她就会更加肆无忌惮，所以她必须让他们知道自己的底线在哪里。结合以上的几点，宝钗生气了，而且是非常生气。

但其他的时候她依然是完美存在着的，说话做事都是那么的滴水不漏，薛宝钗在红楼中与其说是个人，倒不如说是那个年代女人或者是名门淑媛的标杆。想要看大家闺秀是什么样子，就看薛宝钗，她的形象就像是被竖立在旅游景点的雕塑，专门供人学习欣赏的。

最后说说喜欢那款茶的人。林黛玉对那款茶也没有什么过多的评价，就是自己喜欢，合自己的胃口，很耿直的回答。在生活中，她也是个素雅耿直的女孩子。她住在潇湘馆里，环境清幽，每天与竹子、书籍为伴，非常清静典雅的女人。她爱哭、爱笑、爱看书、爱贾宝玉，不管哪一个都没有刻意隐瞒，直接赤裸裸地展现在世人的面前。

林黛玉从来都不会掩饰自己的感情，生气了就发火，不开心了就哭，开心了就笑。虽然薛宝钗很随和，但是书中很少写她开怀大笑的，却有很多林黛玉笑的情节。刘姥姥逗乐大家的时候，她开怀大笑；跟薛宝钗开玩笑的时候，她也都是一路笑着的；在贾宝玉面前更是没少笑。这就是她的真性情，从不掩饰自己的情绪，想哭就哭，想笑就笑。

林黛玉交朋友也十分真诚直率，一开始她不是很喜欢史湘云，所以两人闹过别扭，但是后来两人惺惺相惜，所以也很要好。对薛宝钗也是，一开始林黛玉将她当作情敌，总是看哪里都不顺眼，逮到机会就要寒碜一下薛宝钗。但是后来发现她是真为自己好，对其他人也是真的好，就改变了之前对她的态度，真把她当作了自己的姐姐。因为喜欢薛宝钗，所以她对薛宝琴也很好，真心把她当成自己的妹妹。林黛玉对每个人都有一个从陌生到熟悉的过程，但这个过程她都很真诚。

对贾宝玉就更不用说了，没有半点掩饰，情绪说来就来，永

品一段红楼
饮一杯香茗

远像个长不大的孩子。在她的心里其实是没有身份地位之分的。她不喜欢刘姥姥，很多人说是因为刘姥姥是庄稼人，其实倒也不全是这个原因。刘姥姥来自乡下，难免有些不修边幅，再整齐干净的衣服，在千金小姐看来也还是有些脏脏的，或者不得体，而黛玉偏偏就有这方面的洁癖，再加上刘姥姥的言行举止跟她这种从小知书识礼的小姐，完全就不在一个频道上，对她而言，刘姥姥就是一个笑星、谐星。

但是她对紫鹃就不一样了，紫鹃是个丫鬟，但是她却没有将紫鹃当作丫鬟看，而是将她当作自己的姐妹。这是在整部《红楼梦》中，其他人所没有的品质，就连平时对女孩子最好的贾宝玉，他的阶级分层也是很分明的，不然不会在下雨的时候，失手将袭人踢伤了。那次是因为他知道当时怡红院里的都是丫鬟，小丫鬟们玩过头开门晚了，他火了开门就是一脚，没想过会不会误伤了晴雯、袭人、麝月这些人，在他眼里她们的身份都是丫鬟。要是当时他知道小姐们都在里面，而丫鬟们都在外面忙别的事情，你看他还会不会上来就是一脚。

但是林黛玉对紫鹃不同，她们名为主仆，实为姐妹。为什么林黛玉的心事紫鹃都知道？为什么紫鹃敢当着林黛玉的面直接让薛姨妈给宝黛保媒？那是因为两人之间的关系已经不仅仅是主仆了，要只是丫鬟，紫鹃敢这么造次吗？莺儿说错话的时候，薛宝钗怎么做的，后来莺儿还敢乱说话吗？紫鹃说错话的时候，林黛玉又是怎么表现的，哪有丫鬟敢做主人的主，只有是亲人才敢这样。

综上所述，林黛玉是整个《红楼梦》中最率真、活得最坦白的一个女孩子，对于自己的喜怒哀乐从来不会加以掩饰，是什么就是什么，喜欢就是喜欢。

第九章 红楼中的三种茶

《红楼梦》第四十一回提供了大量跟茶有关的信息，比如里面提到的三种茶、六安茶、老君眉、体己茶，还有泡茶的水的选择，天泉之水为上，何等讲究。除此之外，还有茶具的选择和如何喝茶，妙玉随随便便拿出来的一个茶杯都价值连城。

在介绍茶之前，我们先了解下第四十一回的大致内容。第四十一回中提到了两个重要的地方，一个是妙玉的栊翠庵，一个是宝玉的怡红院。《红楼梦》从第三十九回到第四十二回都是通过刘姥姥来写大观园、写贾府，以及贾府中一干女眷平时的一些消遣方式，和饭桌上的趣事等。

第四十一回写的是贾母带着刘姥姥吃饱喝足之后在园子里逛着，来到了栊翠庵，就在妙玉这里讨了杯茶喝。妙玉呢，伺候好贾母一干人等之后，就单独约着宝钗、黛玉到自己这边喝体己茶，宝玉看到了就跟了过来，然后就见识到了妙玉的珍贵茶具，还有妙玉对于茶的认知。接着是刘姥姥喝醉之后，晃晃悠悠来到了怡红院中，以为是到了仙境，朦朦胧胧地就那么睡着了。后来被袭人发现了，就匆匆忙忙帮她收拾了之后，让她离开了怡红院。这就是第四十一回的大致内容，下面我们详细介绍下第四十一回中的具体茶文化知识。

先从贾母等人喝茶讲起，关于贾母喝茶的文字，具体如下：

> 只见妙玉亲自捧了一个海棠花式雕漆填金"云龙献寿"的小茶盘，里面放一个成窑五彩小盖钟，捧与贾母。贾母道："我不吃六安茶。"妙玉笑说："知道。这是'老君眉'。"贾母接了，又问："是什么水？"妙玉道："是旧年蠲的雨水。"贾母便吃了半盏，笑着递与刘姥姥，说："你尝尝这个茶。"刘姥姥便一口吃尽，笑道："好是好，就是淡些，再熬浓些更好了。"

贾母喝茶的时候提到了两种茶、一种水，水就是旧年的雨水，

品一段红楼
饮一杯香茗

跟给宝黛钗喝的五年前的雪水比差很多，可见妙玉多看重他们三个人。黛玉去栊翠庵喝茶歇脚有两次，第一次是跟宝玉他们，还有一次是跟湘云，可见他们的关系匪浅。水在前面已经有了介绍，这里就不展开了，只说这两道茶，一道六安茶，一道老君眉。

首先我们看看贾母不喜欢喝的六安茶，第一感觉就是六安瓜片，但是马上就有人跳出来说不是，是老六安，也就是祁门安茶。这两款茶都跟"六安"两个字有关，但却是完全不同茶种的两种茶，曹雪芹又给我们出了一道题。

先来说说六安瓜片，按茶类来分，六安瓜片属于绿茶类，简称瓜片，或者片茶。为什么要叫瓜片呢？因为其茶叶形似葵花籽。这是一款很有趣的茶，好的六安瓜片喝的时候会品出一股肉片的味道，特别神奇。

六安瓜片是典型的以地方以及形状命名的一款茶，它产自安徽省六安市大别山一带，是茶叶中唯一一款无芽无梗的茶叶，这是一款极品名茶。值得一提的是六安茶的历史很悠久，早在唐朝的时候就被称为"庐州六安茶"，但是根据《六安史志》和清代乾隆年间诗人袁枚所著的《随园食单》，以及各种民间传说，它是到了清朝才出现的一款茶。据记载，六安瓜片是于清代中期从六安茶中的"齐山云雾"演变而来的,直到今天,当地还流传着"齐山云雾,东起蟒蛇洞、西至蝙蝠洞、南达金盆照月、北连水晶庵"的说法。

因为六安瓜片来自于六安茶,而六安茶的历史悠久,且一直受到人们的喜爱,所以自古就有很多赞美它的诗词。其中有两首最为出名,一是明朝三位名人李东阳、萧显、李士实联手写的七律赞六安瓜片:"七碗清风自六安,每随佳兴入诗坛。纤芽出土春雷动,活火当炉夜雪残。陆羽旧经遗上品,高阳醉客避清欢。何日一酌中霖水?重试君谟小凤团。"

另一首是清朝霍山县令王毗翁写霍山黄芽的:"露蕊纤纤才吐碧,即防叶老须采忙。家家篝火山窗下,每到春来一县香。"

六安瓜片不仅仅受到民间老百姓的追捧和喜爱,也备受皇室喜爱,但是物以稀为贵,六安瓜片并不是喜欢就能够喝得到的。这里不得不提一下慈禧太后,中期的慈禧十分风光,当了太后,垂帘听政,掌握大权。但是早期的时候,她并不那么得意,慈禧爱茶,也喜欢六安瓜片。但可惜的是,在生同治皇帝之前,她连六安瓜片的味道都闻不到,母凭子贵之后才能够享用六安瓜片,由此可见此款茶的金贵之处。

品一段红楼
饮一杯香茗

说完六安瓜片，我们再来介绍下老六安，也就是现在说的祁门安茶。祁门安茶，又叫作六安茶或者老六安，民间曾经称之为"软枝茶"。它是一种后发酵的紧压茶，属于黑茶类，也是安徽唯一的黑茶，创制于明末清初，产于祁门县西南芦溪、溶口一带。祁门安茶在抗战胜利后曾经停产四十余年，直到20世纪80年代才恢复生产。

祁门安茶条身紧结匀齐，色泽黑褐尚润，香气浓郁飘逸、沁人心脾，更为难得的是，它不但是一种上乘的饮品，还是良药。岭南中医诊方中常用安茶作引，广东、香港和东南亚地区更是尊它为"圣茶"。

由于黑茶越陈越香，又有很好的消脂作用，很适合在饭后使用，所以祁门安茶一度备受追捧。

因此，红楼中的六安茶很可能就是祁门安茶。

说完两款六安茶，再来说说老君眉。老君眉，听名字就是寓意很好的一款茶。后人对于这款茶也是很有争议的，根据老君眉这个名字所联想的形态，有人认为这款茶应该是满布毫毛，形如长眉，于是乎就在各种眉茶中搜索。有说珍眉的，后来又根据老君两个字推测这也可能是寿眉，也有人根据茶叶的特点，认为这款茶应该是君山银针，还有人认为是白毫银针，后来又有人认为是武夷岩茶类。说法多不胜数，但总体还是在四大茶类中纠结，即黄茶、白茶、绿茶、乌龙茶。

黄茶派认为，君山银针满布白毫，还带有一个"君"字，似乎契合了老君眉的"君"字。但是这个说法很快就被白茶派给推翻了，首先是茶叶满布白毫，这并不能直接推断就是君山银针，有这样特色的茶有很多，比如眉茶类，或者是白毫银针都有这个特点，所以根据茶叶特点认定这是君山银针的说法十分牵强。而且，君山是一个地方，并不单单就是一个"君"字，而老君是一个人，比如太上老君，就是一种德高望重的身份表示，用地名去套人名这样的说法也是不能被承认的。

黄茶派拿"君"这个字说事，那白茶派就拿"眉"与"老君"分别说事。老君是一个词语，对应的形态应该是一种高寿的象征，或者德高望重的地位，而白茶中也有一款茶是对应这个词语的，并且匹配度更好，还有一个"眉"字。白茶派认为寿眉才是老君眉。

而绿茶派认为，老君眉就是绿茶中的眉茶。这种说法也迅速被白茶派推翻。白茶派认为，绿茶性凉，贾母这个年纪的老太太怎么会喝这么伤胃的茶。妙玉又不是不懂茶，怎么会给贾母泡绿茶呢。

品一段红楼
饮一杯香茗

这时候，一个叫邓云乡的人写了一本《红楼识小录》，其中就将以上所有的茶一一否定，最后得出的答案是老君眉是白茶，而且是白毫银针。这本书说得有理有据，一出来就受到了大家的追捧，自那以后的很长一段时间内，大家也都认为老君眉就是白毫银针。

下面我们就来说说这款曾经被认定是老君眉的白毫银针究竟是怎样的茶。白毫银针，简称银针，又叫白毫，属白茶类，是白茶中的珍品，素有茶中"美女""茶王"之美称，是中国十大名茶之一。

邓云乡大费周章将之前所有的茶都否定了之后，最后还是在白茶类中给它找了一款原型。而这白毫银针就是福鼎白茶，其外观挺直似针，满披白毫，如银似雪，而且还十分鲜嫩。之前的文字中就简单介绍过白茶，白茶主要分两种：一种是老白茶，一种就是新鲜的白茶。老白茶的性质同黑茶，越老越好，而新鲜白茶的性质则同绿茶，鲜嫩、型好、清香、汤味醇厚、香气清芬，很讨人喜欢的一款茶。

白毫银针也是一款非常适合夏天饮用的茶，银针性寒凉，有很好的退热、祛暑、解毒功效。再加上白茶的特点，容易发汗，特别适合三伏天饮用。但茶并不都适用于所有的人，为什么这么说呢？那是因为茶叶跟所有的食物一样，比如咖啡、甜品，总有不适合的人群，有人对咖啡因过敏，就必然有人对茶多酚过敏，这样的人群就不适合饮茶了。还有就是神经衰弱的人，平时都睡不着觉，喝了茶之后那就更不容易睡着了。

　　再来追述白毫银针的历史，它是在清嘉庆年间被制作出来的，那么问题就来了，曹雪芹是在什么时候写的《红楼梦》，他能活到嘉庆年间吗？曹雪芹并不是个长寿的人，在乾隆年间的时候就已经去世了。曹雪芹先死，白毫银针后出，难道曹雪芹跟鬼谷子或者刘伯温一样有未卜先知的能力？如果有的话，为什么在曹家被抄家的时候，他不想办法解决呢？所以说，老君眉是白毫银针的可能性也不大。

　　说到这里，我们的红学专家团队要来了，曹雪芹活着时一定想不到，他花了十年时间写了一本书，在他死了之后，后辈们会因为爱好这本书成立一个红楼梦学会，来专门研究这本书。因为这个学会太专业了，不够接地气，于是红学会之后又出现了一个民间组织，红迷会，顾名思义就是喜欢《红楼梦》的人组成的一个民间团体，每个城市都有自己的组织。除此之外，研究红楼不够，还要研究曹雪芹，于是在北京又有了一个曹雪芹研究会。这学会也是紧追流行，在网上开起了网店，网店卖的都是红楼周边的东西，里面有花签，有茶，而且恰好就有这老君眉。根据他们的研究结果，老君眉就是武夷岩茶中的一种。

他们应该是结合文章和茶性找出的这么一款茶。结合故事发生的季节看，刘姥姥进大观园之前的那天，姑娘们都在干吗呢？在吃，在玩，吃的是薛蟠送来的大螃蟹，啃着螃蟹喝着酒，诗兴大发的时候，还作了螃蟹诗。吃完螃蟹之后就开始用菊花作诗，记得那一次还是林黛玉夺了魁的。吃螃蟹和赏菊花应该是在秋季。那么秋季应该喝什么茶呢？乌龙茶。

妙玉是什么人？是《红楼梦》中的诗仙、茶仙，似乎就没有她不懂的知识，懂佛、懂茶、懂诗、懂琴，也懂人情世故。那她怎么会不知道按照季节来配相应的茶呢？尤其是对贾母这样上了年纪的，更是要结合季节，结合她的饮食来上茶，不然很容易出事情的。所以乌龙茶相对来说更适合贾母，武夷岩茶就是乌龙茶类的。

综合上面所讲，个人认为，老君眉是武夷岩茶的可能性较大。接下来我们就简单介绍下武夷岩茶。

武夷岩茶属青茶类（乌龙茶），乌龙茶是所有茶类中茶香味道最浓的，分醇香型与淡香型。乌龙茶有一种很独特的制作工艺，最后呈现的茶底是"绿叶红镶边"，特别的漂亮。而乌龙茶中的武夷岩茶则是其中的一位古典美人，大家闺秀，比如最有名的大红袍，就像是四大美人一般。据《从"濮闽"向周武王贡茶谈起》一文记载，早在商周时，武夷茶就被濮闽族的君长，会盟伐纣时进献给周武王了。西汉时，武夷茶已初具盛名。唐朝元和年间（806—820）孙樵在《送茶与焦刑部书》中提到的"晚甘侯"是关于武夷茶别名最早的文字记载。

到了宋代，武夷茶已称雄国内茶坛，成为贡茶。大文学家范仲淹就有"溪边奇茗冠天下，武夷仙人从古栽""北苑将期献天子，林下雄豪先斗美"的诗句。元明两朝，在九曲溪之第四曲溪畔，创设了皇家焙茶局，称之为"御茶园"，从此，武夷茶大量入贡。

明洪武二十四年（1391），朱元璋诏令产茶地禁止蒸青团茶，改制芽茶入贡，此后武夷茶逐渐向炒青绿茶转变。明末清初，由于加工炒制方法不断创新，人们在制茶过程中不断摸索，就出现了乌龙茶。

清代是武夷岩茶全面发展的时期，武夷茶区不仅生产武夷岩茶、红茶、绿茶，还有许多其他名茶。

武夷岩茶中最著名的莫过于大红袍，关于大红袍也有各种不同的说法和民间传说。

第一种说法是，大红袍茶树受过皇封，御赐其名，故当地县丞于每年春季到来，亲临九龙窠茶崖，将身披红袍脱下盖在茶树上，然后顶礼膜拜，众人高喊"茶发芽"，待红袍揭下后，茶树果然发芽，红艳如染。

第二种说法是，相传清朝时有一文人赴京赶考，行到九龙窠天心永乐禅寺，突发腹胀，腹痛不已，后经天心寺僧人赠送大红袍茶，饮后，顿觉病体痊愈，得以按时赶考，高中状元。为感念此茶治病救命之恩，新科状元亲临茶崖，焚香礼拜，并将身披红袍脱下盖在茶树上，大红袍遂得此名。

第三种说法是，大红袍因春芽萌发时呈紫红色，远远望去，茶树红艳，因而得其名，故历史上亦有"奇丹"之称。

还有红迷认为，正山小种才是真正的体己茶。

正山小种，又称拉普山小种，是中国生产的一种红茶，被称为红茶鼻祖。茶叶经松木熏制而成，有着非常浓烈的松烟香。正山小种原产地在福建省武夷山市桐木关。茶叶呈黑色，条形紧索，但茶汤为深红色，有独特的桂圆香味。后来的功夫红茶就是在正山小种的基础上发展而成的。

正山小种这个名字的由来非常有意思，不是当地人自己取的，原来当地人只是根据茶叶的特性取名为小种茶，后来因贸易繁荣，当地人为区别其他假冒的小种红茶，才将它命名为正山小种。

关于正山小种，还有一个有意思的小故事。那是在明朝中后期的时候，有一年行军打仗。古代军队打仗不像现在这样，直接飞机运送，很快就能到达目的地，古代打仗，那都是靠腿走到目的地的。行军途中要途经很多地方，要是有点官职，还有马车、轿子坐坐，小士兵就只能靠自己走路。

当时正值采茶的季节，有一支军队路过正山小种茶的生产地——桐木村，说来也巧，当时天色已晚，他们就直接在桐木村安营扎寨了。军队习惯了这种天黑就直接就地休息的生活，但茶农们哪里见过这样的大场面，他们天天除了采茶、制茶，几乎都是与世隔绝的，一见到这样的场面，都不敢制茶了，纷纷回到自己的屋里，想等军队走了之后再继续制茶。

人可以按照当时的情形做出相应的反应与判断，茶叶却不会这样，尤其是新鲜的茶叶，哪能随便就被放置到第二天再去处理。第二天茶农就傻眼了，好端端的茶都坏了，而军队已经走了，就

品一段红楼 饮一杯香茗

算没有走，他们也不敢找军爷要损失，而这些茶要是就这样丢掉，那损失就更大了，为了尽量挽回损失，茶农们用当地的马尾松干柴烧火烘干，并通过一些特殊工序，最大程度地保证了茶叶的质量。

制成的茶叶运往镇上销售，本以为是次品，却受到大量茶客的欢迎与喜爱，接下来订单逐渐增多，整个桐木村全力生产此种茶叶，才可勉强满足市场的需求，而桐木村也因此远近闻名。

正山小种的出现，让人不由得想起臭豆腐，也是因为豆腐变质了之后，店家为了减轻自己的损失，用自己的方式补救了一下，结果无心插柳柳成荫，这臭豆腐竟成了很多人的心头好。

祸福相依，真的要谢谢那一支忽然出现的军队，如果没有他们，也许现在我们还喝不到这正山小种红茶。

第十章 妙玉的茶杯

我们先来简单讲一讲妙玉的茶杯。在外面的时候,她给贾母以及众人看的茶杯对于我们来说十分珍贵,很值钱,但是对于妙玉而言只是寻常,甚至是有些看不上眼的,所以她自己从未用过,说给刘姥姥就给刘姥姥了,眼睛都不眨一下。在这里我们主要讲讲妙玉另外拿出来的四个杯子,一个是自己的主人杯,还有三个是分别给宝黛钗的杯子。

在说杯子之前,先给大家简单地介绍下妙玉,妙玉是谁呢?她原来也是个千金大小姐,家世背景不比贾府差,看她在书中的行为举止,以及所用的茶具、日常用品就知道了。那她为什么会变成带发修行的尼姑呢?那是因为她小时候身体不好,体质很差,听人说要将她送到寺庙里才能治好。当时他们家也曾经找过替身,替她出家的，但是一直没什么效果，最后就只能把她送到了佛祖面前，这才算好了的。

林黛玉的开头跟妙玉很像，也是因为身体不好，说要送到寺庙里才能好，但是林家舍不得，所以林黛玉没有像癞头和尚说的那样出家，而且都是与和尚的要求背道而驰的，他说不能哭，黛玉偏偏喜欢哭，他说不能见外戚，黛玉何止是见了外戚，干脆就搬到了外婆家。结果黛玉一直多灾多病，而妙玉相对就比较健康，这当然只是作者刻意的安排。

那妙玉为什么要到贾府来呢？那是因为元妃省亲回到了大观园，与此同时也在大观园中造了一座家庙，买了十二个戏子取乐，也买了十二个尼姑礼佛，但是这些小尼姑群龙无首，需要一个领导，于是贾府就外聘了妙玉，特地下了帖子把人家给请了来。

很多人都不是特别喜欢妙玉，第四十一回成了诟病她最多的一个回合，先从妙玉给贾母送茶说起。有人说妙玉迎合贾母的喜好，特别殷勤，出家人还这么世俗，是个假尼姑。这倒也不见得，你去公司任职，可以不谄媚，只做好自己的工作，但是该走的流程还是要走，该应付的领导还是要应付。领导到你这边来审查，备点茶水给领导也是很正常的事，而且妙玉也没有一直陪在贾母身边表现自己，送完茶就回到自己的房间了。就好比领导到你管辖的地方视察，你准备好了茶水，露了个脸，汇报完工作就继续去忙自己的工作了，都没有陪领导在自己的地盘逛逛，这很符合妙玉的性格。

妙玉最被诟病的有两点，一个就是一个出家人用的东西都那么金贵，这也就算了，允许你家里有钱带了好东西出来，但还在大家面前夸耀自己的东西值钱，攀比心重，就太世俗了。再加上后来她把自己的杯子给宝玉用，男女授受不亲，把私人物品给男人用，也不符合她出家人的身份。

先来说第一点，妙玉的杯子珍贵，一开始是作者用旁人的眼睛看出来的，并不是妙玉自己说的。那么后来她为什么会强调自己所用的东西都金贵呢？那是因为宝玉为了绿玉斗吃醋，觉得宝钗与黛玉的杯子好，自己的杯子不好。但其实他们的杯子都是一样珍贵的，妙玉也是人，也会委屈，她只是因为宝玉的话为自己辩解了几句，不是她给的杯子不好，而是宝玉不识货，她的东西随便拿出来一样，那都是了不得的，不要再凭自己的主观意识而误解了她。

至于妙玉把自己用的杯子给宝玉这一点，倒也不一定是暧昧，上面就写到过，如果妙玉没有出家就是宝玉。两个人是在同一时

品一段红楼 饮一杯香茗

空以不同身份存在着的，曹雪芹这么写自然也有他的用意，至于其深意就不往下深究了。只是共用一个杯子，只能说明两人关系密切，并不能说明一定是男女关系。尤其是在林黛玉和薛宝钗都在场的情况下，妙玉就是再笨也不会自讨没趣，用这样的方式表白自己的内心。

说完妙玉这个人，接下来就开始说说她一直强调的那些不同寻常的奇珍异宝，先看原文：

又见妙玉另拿出两只杯来，一个旁边有一耳，杯上镌着"㼌瓟斝"三个隶字，后有一行小真字，是"晋王恺珍玩"；又有"宋元丰五年四月眉山苏轼见于秘府"一行小字。妙玉斟了一斝递与宝钗。那一只形似钵而小，也有三个垂珠篆字，镌着"点犀䀉"。妙玉斟了一䀉与黛玉，仍将前番自己常日吃茶的那只绿玉斗来斟与宝玉。宝玉笑道："常言'世法平等'，他两个就用那样古玩奇珍，我就是个俗器了？"妙玉道："这是俗器？不是我说狂话，只怕你家里未必找的出这么一个俗器来呢！"宝玉笑道："俗语说：'随乡入乡'，到了你这里，自然把这金珠玉宝一概贬为俗器了。"妙玉听如此说，十分欢喜，遂又寻出一只九曲十环一百二十节蟠虬整雕竹根的一个大盏出来，笑道："就剩下了这一个，你可吃的了这一海？"

我们按照书中出现的顺序，一个个来介绍。首先是给宝钗的杯子，旁边有一耳，杯上镌着"瓟斝"三个隶字，后有一行小真字是"晋王恺珍玩"，又有"宋元丰五年四月眉山苏轼见于秘府"。妙玉有如此珍贵的杯子，我们寻常人没见过没听过就算了，看到这个东西的时候，恐怕连字都不认识。

瓟斝，读作bānpáojiǎ，下面就来简单介绍一下。首先是材质，瓟就是葫芦，这杯子是怎么做成的呢？据资料记载，这是把一个斝的模子套在小瓟上，让瓟按斝模的形状长大成型，成熟后挖瓤去籽风干，拿来作为饮酒、饮茶的器具。

《红楼梦脂批》在第八回题下诗写：古鼎新烹凤髓香，那堪翠斝贮琼浆。莫言绮縠无风韵，试看金娃对玉郎。

"翠斝贮琼浆"所指的也是茶，在古代，比较流行用天然材质做成生活用品，比如玉镯、玉壶、牛角梳之类的。不过将葫芦做成茶器，尤其是这么小的，真的很少见，比较多见的是乐器，比如葫芦丝，或者是直接把葫芦掏空了风干装酒，济公就是用这个喝酒的。可能古代，尤其是清代比较流行这样的葫芦茶器、酒器，只是因为制法讲究，所以并不普及。也因为物以稀为贵，所以大家族要是偶然得了就如获至宝，这也就难怪妙玉说她的东西珍贵了。

不过翻阅资料发现倒也不是不能得见的，以下就有几处。

《清稗类钞·工艺类》记载：

> 禁城园籞旷地遍植葫芦，当结实之初，斫木成范，其形或为瓶，或为盘，或为盂，镌以文字，及各种花痕，纳葫芦于其中，及成熟时，各随其范之方圆大小，自为一器。奇丽精巧，能夺天工。款识隆起，宛若砖文。

清代沈初《西清笔记》中写道：

> 其法于萌生后，造器模包其外，渐长渐满，遂成器形。然数千百中仅成一二，完好者最难得。……葫芦器，康熙间始为之。瓶、盘、杯、碗之属，无所不有；阳文、花鸟、山水、题字，俱极清朗，不假人力。

单单这样的杯子已经很难得了，又加上上面还有名人的题款，后有一行小真字"晋王恺珍玩"，又有"宋元丰五年四月眉山苏轼见于秘府"，可以看出这杯子年代久远，是晋朝的东西，在宋朝的时候跟苏东坡还有一段缘分，可见这杯子本身的价值极高，难怪贾宝玉看着要眼红了。

但是为什么妙玉把这个杯子给了薛宝钗呢？曹雪芹组词取名都是有寓意的，比如千红一窟（哭）、万艳同杯（悲）、枫露茶，即红色的露水，就是血泪的意思。这些都是在暗示女人的不幸。

给薛宝钗这个杯子应该是为了贴合了主人公们，也就是喝茶人的脾气性格。宝钗在所有人面前都是那么的美好，事事周全，就是一个淑女的标杆。但是她所表现出来的是她的身份与地位要求她表现出来的，却不是她这个人、这颗心想要表现出来的，以用心、真心这方面来看薛宝钗这个人，她就比较假了。瓟斝又是"班宝假"的谐音，这与民间的一句谚语有关，"假不假，班包假，真不真，肉挨心"，以此来寓意宝钗之假。作者也真可谓煞费苦心，每每读红楼，真的是对作者又爱又恨，写这么好，却又留这么多伏笔让人猜，太累了，却又想要看下去。

接下来是林黛玉的杏犀䀉，形似钵而小，也有三个垂珠篆字，镌着"杏犀䀉",这个好理解多了,首先字基本都认识,除了最后一个字有些生僻之外,其他两个都很好认。

杏犀䀉,读作 xìng xī qiáo,妙玉给林黛玉的这个杯子,无论是字,还是结构,都更加好理解一点。还有就是它只是写了这个杯子的名字,却没有写别的,年代无从考证。中间的"犀"就说明了这个杯子的材质,是用犀牛角做的。相比宝钗的葫芦,用犀牛角做茶器还是相对常见些的。《格古要论》一书中说:"犀角有粟纹者为上,所谓点犀即指粟纹而言。"由此可见杏犀䀉的名贵和稀有程度,就算是当朝的,也是异常珍贵的。

而这个杯子取名杏犀䀉,也就是取了"心有灵犀一点通"的意思,很好理解,就是暗示宝黛之间的关系。

大致介绍完两个杯子的材质以及谐音的意义之后,这里再插入一些索隐派的见解。所谓索隐派,通俗的解释就是他们会根据红楼中的小细节,同历史发生的事情联系起来,结合作者的家世背景也就是明清两代的历史来分析《红楼梦》。比如抄检大观园的时候,王善保家的被探春打了一巴掌,他们就说是暗示了年羹尧被雍正打了一巴掌。

索隐派的意见是,首先从杯子上面的字体说起,宝钗的是隶书,林黛玉的是篆体，根据字体演变过程，甲骨文、金文、大篆、小篆、隶书、楷书、草书、行书，这个顺序来说，林在前，薛在后。也就暗示着最后跟贾宝玉走在一起的人是薛宝钗，而不是林黛玉，然后再加上两人杯子的材质，宝钗的是葫芦，即"胡虏"的意思，代表清朝，而林黛玉的杯子没有点明年代，结合小说的明清背景来说，就是暗示朱明政权被推翻，清朝政府成立的意思。

对于这样的说法，知道下就好，不必当真。说完了姐妹两个的，接下来就该说到妙玉自己的主人杯了。主人杯通常就是指主人自己喝茶的杯子，跟平时招待客人的杯子是不一样的，在材质各方面是极讲究的。至少要比端出去给贾母她们用的杯子好，毕竟妙玉亏待了谁也不会亏待了自己。

妙玉的主人杯是绿玉斗，绿玉斗就更加好理解了，就是一个玉杯。造型是上宽下窄的方形，单侧或双侧有把手的碧玉，通体碧绿，盈盈之光内敛，低调的奢华。文中说的是绿玉，正好翡翠也是绿的，有人推测可能就是翡翠材质的，再加上它的造型、做工，那就更加珍贵了。古人对于玉也是非常推崇的，玉简单奢华，又养人，人们通常喜欢把其戴在身上，而妙玉却用这样的一个杯子来喝茶，可见她的与众不同。

品一段红楼 饮一杯香茗

绿玉斗中也有一个"玉"字，暗合了妙玉的名字，当然也有人拿这个"玉"字说事，说不仅仅是暗合了妙玉的名字，也是暗合了宝玉的名字，妙玉之所以把这个杯子给他用，除了表示两人关系的亲厚之外，也是间接印证了两人的暧昧，或者是妙玉的思凡之心。这个说法，我们听听就好，不必当真。

个人觉得，曹雪芹给妙玉使用这样一个茶器，是为了说明妙玉这个人跟玉有着很多的相同之处，比如说很通透、美玉无瑕，妙玉就是这样很难得的一个奇女子。而且，玉一般都有一种气质，一种内涵，以此凸显妙玉的才华横溢，意指其是一个有内涵的女孩子。同时她在结交贾宝玉等人的时候，也是温润如玉，会精心挑选了杯子请宝、黛、钗三人喝茶，说不定这杯子就是妙玉这里的专属茶器，这样的厚爱，让人心暖。

说完前面这些，最后说说宝玉厚着脸皮讨来的茶器，一只九曲十环一百二十节蟠虬整雕竹根的大海。这个大海是用九曲十环一百二十节的整块竹根雕刻成的蟠虬纹的大杯，弯弯曲曲，硕大无比，难怪妙玉说即使你吃得下这一海，我也没有那些茶供你糟蹋。

这个杯子虽然也很珍贵，但是相比之前的那些可能就要逊色一些，首先是它的体积大，不适合喝茶，其次它的材质是竹子的，比林黛玉与薛宝钗她们用的要常见一些，现成的就有类似的，只是没有这个杯子这么珍贵少见、做工精细而已。就在这一回，凤姐、鸳鸯打算灌刘姥姥酒的时候就有类似的描写，且看原文：

> 凤姐因命丰儿："前面里间书架子上，有十个竹根套杯取来。"丰儿听了才要去取，鸳鸯笑道："我知道，你那十个杯还小；况且你才说木头的，这会子又拿了竹根的来，倒不好看。不如把我们那里的黄杨根子整的十个大套杯拿来，灌他十下子。"

这是凤姐跟贾母房里的，都是一套十个，有拿竹根做的，也有拿黄杨根子做的，类似于俄罗斯套娃，就是把小的套在大的里面，按照顺序这么套在一起，是很有意思的一套酒器。最小的也比普通的酒杯大，大概是普通酒杯的两倍大小，估计类似茶杯大小，大的就有小盆子那么大了，这一圈喝下来顶得住的绝对是酒仙，或许李白可以，反正刘姥姥是连忙告饶了。

贾府的杯子虽没有妙玉的那么精细罕见，却也算是同属一门的。这种杯子不止贾府有，历史上也有。

宋陶谷《清异录》卷中记载：

九曲杯，以螺为杯，亦无甚奇，唯薮穴极弯曲，则可藏酒，有一螺能贮三盏许者，号九曲螺杯。

说的也似这个整根竹子雕刻出来的九曲大海饮器。

《太平寰宇记》引《蜀记》曰：

巴州以竹根为酒注子，为时珍贵。

所以说最后出场的这个杯子虽然也十分珍贵罕见，却是在场的四个杯子中最常见的一个，也是妙玉不大愿意拿出来招待人的。

还有一个非常有趣的发现，九曲杯在历史上一直是被当作酒器使用的，与它类似的贾府的套杯就是喝酒用的。其实不只是九曲杯，妙玉所拿出来的四个杯子都是作为酒器用的，因为前面三个比较小巧，也很适合喝茶，所以没觉得是酒器，或者说妙玉用它们来充当茶器也不容易被人发现，但是最后一个就说不过去了。

妙玉是个出家人，酒肉肯定是不沾的，虽然她是带发修行，那也是出家人。这里再普及一个小知识,那就是在家修行的居士和带发修行的出家人之间的差别。出家人一般指的就是在寺庙里剃度修行的僧人,比如智能儿,当然如果家里的条件允许的话,也可以在自己的家庙里修行,也就是在自己的家里出家,但还是剃度的,比如后来的惜春。出家人中还有一种,就是所有的清规戒律都要守,只有一点不用改变,就是头发不用剃,这是带发修行的出家人,跟剃度的僧人是一样的。根据家庭条件,他们可以在家庙,也可以在外面的寺庙修行,比如妙玉。而在家修行的居士就是皈依过,也受过戒,但却不是出家人,顶多算半个出家人,他们只要受五戒就好了,一不杀生,二不偷盗,三不邪淫,四不妄语,五不饮酒。他们也可以结婚生孩子,这点与俗人无异。

　　但是不管是出家人还是居士,饮酒都是必须要受的戒,可是偏偏曹雪芹让妙玉收藏了那么多的酒器,还把酒器当作茶器来使用,是很值得人玩味的一个小细节。

第十一章 妙玉品茶与《七碗茶歌》

栊翠庵品茶、说茶等情节就像是刘姥姥二进大观园一般,要细细地观察、回味。了解透彻了,把里面提供的知识点吃透了才好放过,不然就太对不起妙玉的这些茶跟茶具了。还是按照故事发展的顺序往下看,妙玉展示完自己的茶杯之后,接下来,她就要对品茶高谈阔论一下了。小说中是这样描述的:

> 妙玉听如此说,十分欢喜,遂又寻出一只九曲十环一百二十节蟠虬整雕竹根的一个大盏出来,笑道:"就剩下了这一个,你可吃的了这一海?"宝玉喜的忙道:"吃的了。"妙玉笑道:"你虽吃的了,也没这些茶糟蹋。岂不闻一杯为品,二杯

即是解渴的蠢物，三杯便是饮驴了。你吃这一海，更成什么？"说的宝钗、黛玉、宝玉都笑了。妙玉执壶，只向海内斟了约有一杯。宝玉细细吃了，果觉轻淳无比，赏赞不绝。妙玉正色道："你这遭吃茶，是托他两个的福，独你来了，我是不能给你吃的。"

妙玉绝对是大观园中雅到极致的一个女孩子，琴棋书画、诗词歌赋样样精通，品茶的时候对茶具、茶叶、品茶方式都是那么的讲究。妙玉认为的品茶，喝一杯就好了，喝了第二杯，那就是用来解渴的蠢物了，三杯便是饮牛饮骡了。

其实妙玉的三杯茶理论也并非完全没有道理，比如绿茶类的茶叶是不经泡的，第一遍泡的时候百分之八十的营养物质都出来了，再往后泡就没有营养了。而且绿茶泡了两三遍之后就没有味道了，后面再出来的茶就不叫茶，叫水了。所以绿茶品茗，在玻璃壶里泡一遍，然后在品茗杯中分一分茶，也就差不多了，后面再冲泡也没有多大的意义。

其实对于品茶有自己一番想法的，妙玉并不是第一个，早在唐朝的时候，就有人将自己对于品茶，或者说是喝茶的感悟编成了一

品一段红楼
饮一杯香茗

首茶歌,在民间广为流传。这个人的名字叫做卢仝,前面已经介绍过他了,能够在陆羽名冠天下之后,还被人们尊称为茶中亚圣,这个人的能耐可想而知。他写的茶歌就是《七碗茶歌》:

> 日高丈五睡正浓,军将打门惊周公。
> 口云谏议送书信,白绢斜封三道印。
> 开缄宛见谏议面,手阅月团三百片。
> 闻道新年入山里,蛰虫惊动春风起。
> 天子须尝阳羡茶,百草不敢先开花。
> 仁风暗结珠蓓蕾,先春抽出黄金芽。
> 摘鲜焙芳旋封裹,至精至好且不奢。
> 至尊之余合王公,何事便到山人家。
> 柴门反关无俗客,纱帽笼头自煎吃。
> 碧云引风吹不断,白花浮光凝碗面。
> 一碗喉吻润,二碗破孤闷。
> 三碗搜枯肠,唯有文字五千卷。
> 四碗发轻汗,平生不平事,尽向毛孔散。
> 五碗肌骨清,六碗通仙灵。

七碗吃不得也，唯觉两腋习习清风生。

蓬莱山，在何处？

玉川子，乘此清风欲归去。

山上群仙司下土，地位清高隔风雨。

安得知百万亿苍生命，堕在颠崖受辛苦！

便为谏议问苍生，到头还得苏息否？

这就是卢仝诗歌的全部内容，这边需要特别解释一下的是，《七碗茶歌》并不是一首完整的茶歌，而是卢仝的诗歌《走笔谢孟谏议寄新茶》中的一部分。这是一首写茶事诗，写得很具体，前后情节也都很丰满，除了自己对于喝茶的感觉之外，还有在怎样的情况下喝茶的，喝的是什么茶，怎么喝的，很详细地将喝茶的整个流程都写出来了。其中最精彩的就是第三部分，也就是我们现在所说的《七碗茶歌》。

《七碗茶歌》是很奇妙的一段茶歌，详细雅致，语言却又通俗易懂，令人钦佩。下面就来简单分析下这七碗茶。

第一碗喉吻润。这第一杯是清口的，一口下去让人的嘴巴喉咙都感受到了它的清润，瞬间将人带入茶叶的清香世界。这第一杯茶

饮一杯香茗 品一段红楼

也就是妙玉说的品茶，也正是第一杯茶唤醒了我们的感官，嘴巴、舌头、喉咙在最敏感的时候，也最能体会茶的奇妙。所以妙玉会认为第一杯茶是品茶，而卢仝则认为第一杯茶是清润感官的。

第二碗帮人赶走孤闷，这是卢仝的理解。第一杯茶将你带到了茶叶的世界，第二杯茶则要带你深入茶叶的世界，让你忘掉生活中的忧愁、苦闷，带你开始禅定，慢慢从品茶到品味人生，开始进入精神世界。卢仝的品茶，品的是茶也是人生，而妙玉的品茶，品的是茶叶本身，所以第二杯开始就没有意义了，只是解渴的蠢物。

第三碗就可以开始反复思索坐禅入定了，将凡尘俗世渐渐看清楚了，有些看破红尘、得道成仙的意思。而妙玉早就已经是佛家弟子了，她请宝黛钗喝茶，就只是单纯品茶而已，并不是要跟他们讲经说道，让他们也随自己出家，所以多说无益，茶多喝也无益，才会说第三杯就是饮牛饮驴了。

第四碗茶喝下去，平生不快的事情都能抛到九霄云外去了，表达了茶人超凡脱俗的宽大胸怀。到了第四杯的时候，就已经看破红尘飘飘欲仙了，茶已经将人带到了天堂，凡尘俗世跟他已没有任何关系了。

第五碗肌骨清，从精神再回到肉体，神清气爽之后，连自己身体所有的污秽都觉得清除干净了，整个人已经是脱胎换骨了。如果说前四杯像是梦，那第五杯就真真切切觉得自己升入仙境了。

第六碗通仙灵，喝到第六碗的时候感觉到自己就像是通了仙灵，这感觉就像贾宝玉到了太虚幻境一样，可以跟神仙一起喝酒品茗，若是被点化成功了，就到了人生的另一重境界了。

喝到第七碗的时候，已两腋生风，欲乘清风，去到人间仙境蓬莱山上。要是喝了第七碗，那就真的成仙了，所以他说第七碗喝不得。

一杯茶可以让人有这么多不同的感悟，古来帝王求仙问药，那都是煞费苦心的事情，但得道成仙在卢仝的认知里，只是一杯茶的事情，若是成仙这么简单，自己在家里煮一壶茶，喝它个七杯，七杯茶下肚之后，那就是天上仙了。想来，卢仝感受到的成仙也与我们理解的成仙不同，这只是指喝茶后的一种精神享受。套用现在科学的解读也是很有道理的，茶叶中有很多营养物质对人的身体是很有益处的，每天喝点茶可以保健养生。再结合不同茶叶的茶性，不管是想要延年益寿，还是美容养颜都是可以的，所以一天七杯茶，也许真的可以快活似神仙。

只是不知道曹雪芹是如何看待这首诗歌的，他笔下的妙玉可是

品一段红楼
饮一杯香茗

连第二杯茶都不会喝的,这算不算是对《七碗茶歌》的不认同呢?很好奇如果穿越时空,跨越了文字与现实,当妙玉遇到卢仝的时候,两人会是怎样的场景呢?妙玉还会孤傲地认为自己的想法才是最正确的吗?

第十二章 从红楼斗茶追溯到古代斗茶与茶百戏

《红楼梦》中其实并没有"斗茶"这两个字，倒是小丫鬟们经常斗草，比如什么观音柳、罗汉松、夫妻蕙的，因为斗草，香菱的石榴裙都被弄脏了。这是红楼里面比较有趣的游戏，除了姐妹们吟诗作对，也就这个有趣了。关于斗草的描写是比较生动的，直接把女孩子们的雅趣写了出来，还顺便交代了古代女孩子的一些生活内容。在第四十一回中，斗茶就写得很含蓄，没有写斗茶的情节，只是写了两种级别的茶，一种是妙玉给贾母她们喝的，栊翠庵中一般的茶，一种是高档的好茶，是妙玉请宝黛钗喝的。

这一回中除了委婉写出了栊翠庵中的斗茶外，也写了贾府与栊翠庵的斗茶，而这一局贾府败了。其实贾府中的茶也都是好茶，比如上面提到的枫露茶、暹罗茶，还有后面会讲到的女儿茶，当然贾母她们平时饮用的茶也都是极好的，只是暂时没有提到而已。但是这些茶跟妙玉的茶比起来，还是略逊一筹的，所以贾母才会到栊翠庵讨茶：

> 贾母道："我们才都吃了酒肉，你这里头有菩萨，冲了罪过。我们这里坐坐，把你的好茶拿来，我们吃一杯就去了。"

贾母是谁？是四大家族中史家的千金大小姐，也是贾赦与贾政的母亲。她成长的那个年代，是四大家族最风光的时候，哪像现在都没落了。连她自己都说了，这些小姐也就是比外面的那些小门小户的小姐好一些，跟她们那时候比就差远了。她还举出了贾敏的例子，说贾敏跟自己的母亲比也是差了一大截的，而跟林黛玉她们比却是强出百倍的。由此可见，贾母生活的那个年代是多么风光，她见过、用过的东西又是多么珍贵。

就连见过大世面的贾母都说妙玉的茶好，虽然外表看起来贾府是妙玉的栖息地，要比妙玉风光好多，但是他们家的家当可真就不一定比妙玉的精致。别的不论，仅在斗茶、茶器方面的较量，贾府就输了。妙玉只是拿出了栊翠庵中寻常的茶叶，都受到了贾母的好评，更何况是她后来给宝黛钗的茶了。

在贾府与栊翠庵的这场斗茶中，栊翠庵完胜，但是事情并没有就这么完了。后面是贾母的茶与宝、黛、钗的茶之间的较量。这场较量，不用比也知道，一定是宝、黛、钗的茶赢了，那可是妙玉的体己茶，用的水是五年前梅花上的雪水，喝茶的器具更是闻所未闻。好水配好茶，这场斗茶，不比也是知道结果的。且看这茶的味道：

    宝玉细细吃了，果觉轻淳无比，赏赞不绝。

宝玉是什么人，那是贾政跟王夫人嫡出的儿子，因为贾珠的离世，他也是他们夫妻的长子，又是贾母的心头肉，贾府里几乎所有的人都是围着他转的。再加上他出生的时候嘴里衔着玉，一出生就受到了大家的关注。他的亲姐姐是贵妃，他的好朋友是北静王、冯紫英等人，一个个身份尊贵。这样的富贵闲人，什么好东西没见过，就是暹罗进贡的茶，他都没看上，却独独对妙玉的茶赏赞不绝，可知这茶得多好。

低调斗茶之后，贾宝玉的一句无心之话，引得妙玉开始高调斗茶器。看着宝钗跟林黛玉两个人用的都是平时自己不曾见过的茶器，而妙玉却给了自己平时喝茶的主人杯，宝玉说了句觉得这个杯子太普通，没有她们的珍贵，妙玉就怒了。

妙玉也不多话，也不讲这主人杯怎么珍贵，就一句话，你觉得这是俗器，那你找一个这样的俗器出来，就你们家，翻遍了也找不出来的，我这儿的东西都是独一无二，珍贵异常的，随随便便拿出一个来，你们家也找不出类似的。好大的口气，但是妙玉却有这样的资本，她的东西的确金贵。

这是《红楼梦》中的斗茶，笔墨很少，很多都是后人猜测出来的，但是历史上的斗茶却是极兴盛的，甚至将茶文化推向另一个高峰。接下来我们就了解下历史上的茶文化，这里主要介绍一下斗茶与茶百戏。

在介绍茶叶与茶百戏之前，先简单介绍下茶的发展史，便于大家了解为什么茶文化会在宋朝被推到一个至高点。关于茶叶有以下几个关键字：一、五千、三千。怎么理解这几个数字呢？简单说明下，一就是第一，我国是第一个发现并且使用茶的国家。五千是茶叶被发现的时间，茶叶被我国发现和使用已经有了五千年的历史。最后是三千，关于茶叶的文字记载，已经有三千多年的历史了。这里需要强调的是，书中写到的茶叶的五千年历史，是发现和使用的年限，并不是茶树存在的时间。茶叶是什么时候被发现的呢？那是在神农尝百草的时候，他发现了一种叫作荼的野生大树，吃了它的叶子之后居然可以解毒，后来他就将这种树叫作"查"，茶是后来才有的称呼，最开始的时候是查。

因为神农氏发现的是野生大茶树，并非人工种植的，所以这只是人类发现茶的时间，却不是茶叶存在的时间。现在专家们通过科学手段研究发现，茶叶存在的时间为6000万~7000万年，具体时间还有待考证。

需要特别指出的是，神农尝百草的时候发现茶，并不是将茶当作饮料来饮用的，而是当作药物来使用的。所以在很长的一段时间里，茶一直都是被当作药品直接咀嚼使用的，不是像现在这样冲泡饮用。

那么人类从什么时候开始不生嚼茶叶的呢？这要感谢周朝一个叫作祁叶的人。他将新鲜的茶叶采下来直接放到茶具里冲泡，这有点像我们现在将新鲜的柠檬切片，然后将柠檬片直接放到杯子里冲泡一样。祁叶使得茶叶换了新的食用方式，却没有改变它的形态与工艺。

制茶工艺的出现，要往后延迟到秦汉时期。当时的人们有两大创举，一个是人们开始人工种植茶树。第二大创举就是他们发现新鲜的茶叶很难保存，于是就通过简单的炒制手法来延长茶叶的寿命，这就为后期的制茶奠定了基础。从那时候开始，制茶、饮茶逐渐形成了风气。

但是当时对于茶的称呼还是不统一，在魏晋之前，人们对茶有很多不同的称呼，如"荼""茗""诧"等，当然还有神农氏定下的查。而"茶"这个字最后被确定是在唐朝，这时候茶圣陆羽最终确定了"茶"这个字就是"荼"字少一笔，而且确定查就是茶，从那以后茶就开始有了固定的称呼。

唐朝也是茶和茶文化发展史上的一个高峰。唐朝中后期，茶叶的制作工艺已经精进了很多，陆羽对茶也做了分类，煮茶、饮茶在当时已经被认为是高雅的事。

茶被推向最高峰是在宋代。宋代出现了很多文雅的茶事活动，比如说斗茶、行茶令、茶百戏等。除此之外，宋朝的另一大特色，就是将煮茶变成了冲泡、清饮，而且散茶的制作方法也开始逐渐流行起来。

很多有意思的茶文化可以说是成也宋朝，败也宋朝。比如斗茶以及茶百戏都需要很浓厚的茶，当时的人都是用茶粉煮茶，只有这样的茶汤才够浓厚，才能够斗茶或者是进行茶百戏。但是变成冲泡茶叶之后，茶汤浓度大不如前了，这些茶事活动也渐渐没落。

到了明朝的时候，朱元璋下令不许进贡团茶，这就使得炒青工艺得到迅速发展，也变相推动了绿茶的市场。

清朝的时候，人们在烘青技术的基础上制作出了红茶，之后乌龙茶也渐渐出现。这时，中国的六大类茶才算是聚集齐了。

这就是茶的大致发展过程，从中不难发现宋朝茶文化异常丰富的几点原因。一个是技术的发展，使茶在全国迅速普及开来；另一个就是宋代的文人多，文人的生活都比较雅致，而且做官的少，闲着没事就要找点乐子，被贬了也要找些事情寄托，品茶就成了他们必不可少的消遣活动，也间接推动了茶文化的发展。

下面就来说说宋朝最具代表性的两大茶文化活动，斗茶与茶百戏。红楼中的斗茶很低调，如果不是仔细阅读并认真推敲的话，几乎看不出来。宋朝的斗茶就豪放多了，文雅却也张扬，不然别人怎么会知道自己的茶好呢。

我们先从文字上解释斗茶，再放到具体历史中作简单介绍。斗茶,从字面上看就是比赛茶的优劣,又名斗茗、茗战。斗茶始于唐而盛于宋,按照历史由来说起,其实斗茶是一个统称,它主要包括三个方面:斗茶品、行茶令、茶百戏。行茶令在前面已经介绍过了,就不作另外的解释了,这里我们只讲斗茶与茶百戏。

宋朝,苏东坡就已有"岭外惟惠俗喜斗茶"的记述。斗茶是个持续时间很长的活动,一直到民国的时候还在惠城中盛行。斗茶是在品茶的基础上发展出来的,品茶也叫品茗,就是将泡好的茶分享给知己好友,让他们慢慢品尝,红楼里妙玉就请了宝黛钗品茶。现在我们也有品茶,分平常喝茶与茶艺两种,平常喝茶就是按照茶叶的特性找到合适的冲泡方式,泡好之后请大家品尝,跟妙玉的方式类似,但是没有那么好的水跟器具。茶艺除了品茶之味,还要欣赏茶艺师手法之美,是味觉与视觉的双重享受。但是斗茶却不同,它也是将自己的茶展示出来,至少要有两款茶,而且是要比出高下的。

追溯历史,斗茶是在茶宴基础上发展而来的一种风俗。这里简单介绍一下茶宴。茶宴早在三国的时候就已经出现了,来自于吴孙皓"密赐茶荈以代酒"。这是以茶代酒宴请宾客的开始,但尚不是正式茶宴。

正式的茶宴还要往后推到东晋时期，当时的大将军桓温每设宴"唯下七奠拌茶果而已"（《晋书·桓温传》）。但是当时还没有"茶宴"这个词，这个词语出现是在南北朝时，"每岁吴兴、毗陵二郡大守采茶宴于此"（山谦之《吴兴记》）。

唐代贡茶制度建立以后，湖州紫笋茶和常州阳羡茶被列为贡茶，两州刺史每年早春都要在两州毗邻的顾渚山境会亭举办盛大茶宴，邀请一些社会名人共同品尝和审定贡茶的质量。唐宝历年间，两州刺史邀请时任苏州刺史的白居易赴茶宴，白居易因病未能参加，特作《夜闻贾常州崔湖州茶山境会亭欢宴》诗一首，表达了不能参加茶山盛宴的惋惜之情：

　　遥闻境会茶山夜，珠翠歌钟俱绕身。盘下中分两州界，灯前各作一家春。青娥递舞应争妙，紫笋齐尝各斗新。自叹花时北窗下，蒲黄酒对病眠人。

到了宋代，因为文人皇帝宋徽宗，茶宴风靡一时。宋徽宗对茶颇有讲究，曾撰《大观茶论》二十篇，还亲自烹茶赐宴群臣，对此，蔡京在《大清楼特宴记》《保和殿曲宴记》《延福宫曲宴记》中都

有记载。如《延福宫曲宴记》中写道:

> 宣和二年十二月癸己,召宰执亲王等曲宴于延福宫……上命近侍取茶具,亲手注汤击拂,少顷白乳浮盏面,如疏星淡月,顾诸臣曰:此自布茶。饮毕皆顿首谢。

当时,禅林茶宴最有代表性的当属径山寺茶宴。浙江天目山东北峰径山(今浙江余杭区境)是山清水秀茶佳的旅游胜地和著名茶区,山中的径山寺建于唐代,自宋至元有"江南禅林之冠"的誉称,每年春季都要举行茶宴,品茗论经,磋谈佛理,形成了一套颇为讲究的礼仪。径山寺还举办鉴评茶叶质量的活动,把肥嫩芽茶碾碎成粉末,用沸水冲泡调制的"点茶法"就是在这里创造的。

但是这都只是茶宴,还没有发展成为斗茶。随着茶宴的盛行,民间制茶和饮茶方式日益创新,品茗艺术不断发展,斗茶因此应运而生。

斗茶出现后,一度受到了民间人士的追捧,茶爱好者动不动就会来几场斗茶。他们拿出自己珍藏的名茶,在茶叶店、雅洁的内室,或花木扶疏的古旧庭院,或其家临江、近湖等地轮流品尝,并决出胜负。

斗茶的时间也比较讲究，多选在清明节期间，此时新茶初出，最适合参斗。斗茶的参加者都是饮茶爱好者，自由组合，多的十几人，少的五六人。斗茶时还会吸引不少看热闹的街坊邻舍。如在茶店斗，则附近店铺的老板或伙计都会轮流去凑热闹，特别是想购茶的顾客，更是要先睹为快。

大致说了斗茶的历史之后，再介绍下斗茶是怎么斗，其实斗茶就是看两点：茶与茶具。

一看茶叶，首先茶叶的形状是否大小均匀，碎片及残缺占多少。其次看色泽是否符合当时对此种类茶的要求，例如绿茶要求色至黛绿、不焦不碎、卷曲有度等等。最后看汤底的茶叶是否分明，形态是否好看。

二看汤色，即茶水的颜色。一般标准是以纯白为上，青白、灰白、黄白则下等之。色纯白，表明茶质鲜嫩，蒸时火候恰到好处；色发青，表明蒸时火候不足；色泛灰，是蒸时火候太老；色泛黄，则是采摘不及时；色泛红，是炒焙时火候过了。

三看汤花，即指汤面泛起的泡沫。决定汤花的优劣要看两条标准：第一是汤花的色泽，因汤花的色泽与汤色是密切相关的，因此，

品一段红楼

饮一杯香茗

汤花的色泽标准与汤色的标准是一样的；第二是汤花泛起后，水痕出现的早晚，早者为负，晚者为胜。如果茶末研碾细腻，点汤、击拂恰到好处，汤花匀细，有若"冷粥面"，可以紧咬盏沿，久聚不散。这种效果最佳，名曰"咬盏"。反之，汤花泛起，不能咬盏，会很快散开；汤花一散，汤与盏相接的地方就露出"水痕"（茶色水线）。因此，水痕出现的早晚，就成为决定汤花优劣的依据。

看完茶，还要看茶具。茶具主要是茶壶和茶杯、茶盘，其质地分别以景德镇、佛山的瓷制品与江苏宜兴的紫砂壶为主，还有一些银制及青石制、玉石制的。同一种瓷器，又从土质是否细幼、制作是否精致、样式是否新奇、有无创意（典雅与拙朴皆可）、使用是否方便、色泽是否和谐等角度去评价，有的甚至拿放大镜察看。这时候你要是拿出妙玉的茶具，那绝对是完胜了。

斗茶就先点到为止，接下来了解下茶百戏。茶百戏又称分茶、水丹青，是我国珍贵的文化遗产。茶百戏，拆开理解就是茶的百戏图，就是将一些生活状态在茶汤中展示出来。大家应该都知道咖啡中的拉花，就是在咖啡中打一层奶泡，用奶泡制作出各种图案，比较常见的有小熊、爱心、树叶等等。茶百戏就是茶中的拉花，但是两者之间还是有很大差别的。拉花是在咖啡泡好之后弄上奶泡，借由奶泡画出各种图案。但茶百戏不是，它就是煮上一杯浓茶，然后运用下汤运匕的手法，循着茶汤画出各种情境图。茶百戏中出现的白色泡沫不是后面加上去的，是通过下汤运匕展现出来的，而且茶百戏的图案也不是单一的物体，而是一种意境，可以用诗词或者成语表现出来，非常具有中国古典文化特色，比如"松下问童子""重山锁翠烟"等等。它所呈现出来的图案，类似沙画，线条与意境都非常美丽。

接下来再说说茶百戏的由来。跟斗茶一样，茶百戏也是在唐朝的时候就有了，刘禹锡在《西山兰若试茶歌》中这样描述：

骤雨松声入鼎来，白云满碗花徘徊。

很漂亮很有意境的一个场面，可惜我生错了年代，不然可以看看这些文人雅士是如何一边吟诗作对，一边进行茶百戏的。

茶百戏虽然在唐朝的时候就有了，但是将它推上顶峰，做到极致的还是宋朝。因为宋徽宗比较重文，所以这些新奇好玩的茶文化游戏，宋徽宗都觉得很有意思。而群臣都知道皇帝喜欢这些东西，那些阿谀奉承想要升官发财的，都纷纷效仿。再加上很多文人本身就比较爱好茶文化，茶百戏很快就推广开来，并且上升到了一个顶峰期。

我们所熟知的陶谷、陆游、李清照、杨万里、苏轼等文人都十分喜爱茶，他们经常参与茶文化活动并且留下了许多关于茶的诗文。

陆游在《临安春雨初霁》中描述了分茶的情景：

矮纸斜行闲作草，晴窗细乳戏分茶。

陶谷在《荈茗录》中写道：

百茶戏……近世有下汤运匕，别施妙诀，使汤纹水脉成物象者，禽兽虫鱼花草之属，纤巧如画，但须臾即就散灭。

宋朝茶百戏被推上了顶峰，备受追捧，是文人墨客的心头好。但非常可惜的是，宋朝清饮法出现之后，点茶、煮茶这些古老的泡茶方法逐渐走上了下坡路。尤其是元代以来，分茶逐渐衰落，清代至今都未见分茶的详细文献记载。这也是为什么很多人对于茶百戏存在错误解读，因为关于茶百戏的文献记载实在是太少了。

第十三章 红楼中为何没有紫砂壶

有人说《红楼梦》是四大名著之首，这样的说法有人赞同，也有人不赞同。为什么会有这样的观点呢？因为红楼太全面了，诗词歌赋、琴棋书画、稗官野史、家长里短，什么都有，就像把古代的生活展现在眼前一般。一个小小的屏风，甚至一个不起眼的茶杯，曹雪芹都会写得认真详细，这是之前的小说所没有的。它虽然是一部小说，但实际上也称得上是某个时期的简史，方方面面都涉及了。所以人们这么推崇《红楼梦》也是有道理的。不管是吴承恩、罗贯中，或者是李白、苏轼，没有哪一个人能像曹雪芹这样，被后人乐此不疲地研究了二百多年。

即使这样，红楼中的未解之谜仍有很多，包括茶的描写。红楼写茶，有茶叶、茶文化、茶具、茶道,甚至还有茶祭等等。在写茶叶、茶具的时候,曹雪芹分成了两大类别,上等的和下等的。上等的以妙玉与贾府主子们的为主,下等的则以丫鬟们和后来晴雯家中的为主。但是不管是哪一等的,独独有一个东西,一直没有在《红楼梦》中出现,那就是紫砂壶。

紫砂壶自诞生开始就一直备受推崇,是被炒得很火热的一款茶具,但是为什么曹雪芹就是不写关于紫砂壶的只言片语,这么吝啬对于这款茶具的笔墨呢?在揭晓答案之前,我们先大致了解下紫砂壶。

紫砂壶,是一种由紫砂泥土高温烧制而成的,介于陶与瓷中间的烧制品。紫砂壶的泥分为紫泥、绿泥和红泥,它的泥一般深藏于岩石层下且分布于甲泥的泥层之间,泥层厚度从几十厘米至一米不等。其胎土属于高岭土、石英石、云母类,含铁量很高,其中有很多的矿物质成分,有很强的吸附性,用紫砂壶泡茶,可以吸收掉一些茶叶中不好的味道,让茶香味更浓,是一款很适合泡茶的茶具。

说到紫砂壶,则不得不提宜兴紫砂壶,江苏宜兴被认为是紫砂壶的原产地。再说紫砂壶的创始人,人们首推明代的供春。当然,供春对于紫砂壶的贡献是非常大的。他将紫砂壶推广到了人们面前，发明了供春壶。但是，他并不是紫砂壶的创始人，顶多算是最了不起的推广者。

说到供春壶，我们都知道，供春壶可以说是紫砂壶中的贵族，十分名贵。这就比较奇怪了，一般比较贵重的东西都是非常精美的。比如葫芦做的酒器是十分常见的，但是妙玉给宝钗用的葫芦茶具就很金贵，因为它小巧精致，外表独特。但是供春壶却不是这样。一般的紫砂壶都是黑黑的光滑的一个小壶，但是供春壶的外表却是凹凸不平的，看起来很粗糙，却偏偏很珍贵。

供春也是个很奇怪的人，传说他原本是一位官员的书童，一直都是安安分分做自己的事。有一段时间，供春陪同主人在宜兴金沙寺读书，寺中的一位老和尚很会做紫砂壶。当时的供春就像发现了新大陆一样，对紫砂壶的做法十分好奇，于是就偷偷地学。等一些主要的程序、手法熟练了之后，他就用老和尚洗手沉淀在缸底的陶泥，仿照金沙寺旁大银杏树的树瘿，也就是树瘤的形状，做了一把壶，并刻上了树瘿的花纹。烧成之后，这把壶非常古朴可爱，而且这种手法是之前从未出现过的，人们都觉得新奇有趣，十分喜欢这种朴素自然的风格，于是这种仿照自然形态的紫砂壶一下子就出了名。因为这把壶是供春发明的，人们就把这种壶叫作供春壶。

由于这种手法受到人们的热捧，当时和后代的很多制壶大师也都开始争相模仿，再加上一些商人的炒作，供春壶就成了紫砂壶中最珍贵的一个品种，也成了紫砂壶中的代表。这就是为什么很多人都以供春壶出现的时间节点为紫砂壶的诞生时间，认为供春是紫砂壶的创始人。

介绍完紫砂壶与供春壶的历史，以及供春壶大致的形态和用料之后，再来说说紫砂壶的一些特性。紫砂壶真的是一个很奇怪的茶器，它的很多特性都是别的茶器所没有的，比如紫砂壶在使用前，有一个专有的步骤，叫作开壶。开壶一般有三个步骤：热身、降火、重生。具体程序如下：

第一步：热身，就是将刚刚买回来的紫砂壶用沸水内外冲洗一遍，将表面尘埃除去，然后将茶壶放进没有油渍的煲，加三倍高度的水煮两小时，这样茶壶的泥土味及火气都会去掉。

第二步：降火，就是在紫砂壶热完身之后，在紫砂壶里面放一块豆腐，放一倍高度的水煮一小时。豆腐所含的石膏有降火的功效，而且可以将茶壶残余的物质分解。值得一提的是，我们平时爱吃嫩豆腐，但紫砂壶降火的时候用老豆腐比较好。另外，填装时要稍微压紧，以免水沸腾后，豆腐被挤到壶外面了。装好豆腐的壶需放入清水内(冷水下锅)，待水沸腾后继续加热5~10分钟。因为紫砂壶是窑烧，有人认为壶的"火气"很大，所以，在正常使用之前应该给壶降火、清火。

第三步：重生，就是挑选自己最喜欢的茶叶，放入茶壶内煮一小时。这样茶壶便不再是了无生气的死物了，它吸收了茶叶的精华，第一次泡茶已经能够令茶人齿颊留香了。

这是比较复杂的方法，也是热爱紫砂壶的朋友比较推荐的方法，尤其是想要泡普洱的朋友，用这个方法开壶再适合不过了。但是如果真的没有这么多的耐心与时间的话，还有人发明了一个比较简单的开壶方法，即将壶身同壶盖分离，置于锅中，煮至将沸之时，置入茶叶，温火煮一段时间，自然晾干即可。

紫砂壶开壶之后，还要养壶，这是紫砂壶与众不同的特点之二。

在介绍养壶方法之前，先介绍下养壶的两大门派：净衣派和污衣派。看到这两个名词，是不是想起了武侠小说中的丐帮，净衣派衣服都很干净，光鲜亮丽的，一点乞丐的样子都没有，污衣派则穿得破破烂烂，脏乱不堪。养壶两大派也跟丐帮一样，相互看不上。

品一段红楼 饮一杯香茗

净衣派认为，每次用完壶之后应该把壶洗干净。养壶是污衣派的说法，就是在喝完茶之后，将茶叶倒掉，但是茶渍是不洗的，要留着。有的时候为了养壶，不喝茶也要泡茶，就是为了要那点茶渍。养壶人还会相互比较，就像斗茶一样，他们斗壶，看看谁的壶养得好，倒进去的白开水香醇。

紫砂壶的大致情况介绍到这里，下面结合紫砂壶的特点，对《红楼梦》中为什么没有紫砂壶发表一些个人看法。

一、结合妙玉房里的茶器就知道，红楼中认为最珍贵的茶具，有三个特点：一是精巧，二是独一无二，三是天然。妙玉的茶器被认为是红楼里面最珍贵的，因为再也找不出第二件与之一样的了。而紫砂壶也好，供春壶也好，都不太符合这三个特点。

二、结合贾府以及妙玉给贾母等人提供的茶具来看，他们家用的最多的就是官窑制品，不管是当朝的，还是前朝的，都可以称得上是仅次于皇家。可能皇室用的是有皇室标志的官窑制品，他们家用的就是普通的官窑制品。

三、《红楼梦》是一本写美的书，即使结局不好，但是里面的人物、器具、环境都是美的。比如主要人物是一群花一样年华的少男少女。大观园雕梁画栋，里面的花草树木一年四季可观赏，还有

《诗经》里出现的珍奇植物。红楼中用的器具一件件都是那么的独一无二，或古或今，精致小巧，美到梦幻。再看看剧中人物的审美，贾母喜欢美丽的姑娘，贾宝玉喜欢年轻美丽的姑娘，姑娘们更是不用说了，全身散发着一种大家闺秀的美。如此爱美的作者怎么会允许一个坑坑洼洼、类似破烂老货的茶壶出现在书中呢，跟美景与美人也太不搭了。紫砂壶不够名贵，供春壶更不够好看，这样的茶器不太可能出现在《红楼梦》中。

四、红楼中人多洁癖，养壶这么"脏"的一件事情谁会喜欢呢。不仅黛玉、妙玉这样文雅的人不喜欢养壶，就是像薛蟠那样的俗人，也没时间去养壶。紫砂壶的养壶方式不适合红楼中人，自然也就不必出现了。

五、紫砂壶与红楼追求的是两种完全不同的极致。紫砂壶追求的是一种返璞归真，一种最简单、最质朴的美。尤其是供春壶，供春当年在找壶的原型的时候就没有找美丽的花朵，或者是可爱的果实，而是找了一个树瘤作模型，最后捏成了坑坑洼洼的样子。紫砂壶是要冲破所有的华丽富贵，还原最真实的朴素本质，而红楼推崇的是一种巧夺天工的华丽美。红楼的茶具要的就是美到极致，比如白瓷就是要肤若凝脂；比如九曲杯，就是要雕

品一段红楼
饮一杯香茗

工细致到你闻所未闻，见所未见。这与紫砂壶是完全不一样的方向，所谓道不同不相为谋，曹雪芹看不上紫砂壶，供春也不一定能看上曹雪芹的那些茶具。

第十四章

红楼茶碗与各色官窑制品

《红楼梦》第四十一回中，提到了许多官窑制品。比如妙玉的瓷器茶具，这要从贾母及众人刚来到栊翠庵的时候说起，且看原文：

> 只见妙玉亲自捧了一个海棠花式雕漆填金"云龙献寿"的小茶盘，里面放一个成窑五彩小盖钟，捧与贾母。……贾母众人都笑起来。然后众人都是一色的官窑脱胎填白盖碗。

这里出现了两件瓷器茶具，成窑五彩小盖钟和官窑脱胎填白盖碗，这两件究竟是什么工艺的茶器，其价值如何，后面再说。除了第四十一回，第五十三回也提到了瓷器茶具，原文如下：

品一段红楼 饮一杯香茗

这里贾母花厅上摆了十来席酒,每席旁边设一几,几上设炉瓶三事,焚着御赐百合宫香;又有八寸来长、四五寸宽、二三寸高、点缀着山石的小盆景,俱是新鲜花卉。又有小洋漆茶盘放着旧窑十锦小茶杯,又有紫檀雕嵌的大纱透绣花草诗字的缨络。各色旧窑小瓶中,都点缀着"岁寒三友""玉堂富贵"等鲜花。上面两席是李婶娘薛姨妈坐,东边单设一席,乃是雕夔龙护屏矮足短榻,靠背、引枕、皮褥俱全。榻上设一个轻巧洋漆描金小几,几上放着茶碗、漱盂、洋巾之类,又有一个眼镜匣子。

这里出现的是旧窑十锦小茶杯,加上第四十一回中的成窑五彩小盖钟和官窑脱胎填白盖碗,这三件是红楼中材质比较明显、有证可考的茶具,下面就根据出现的顺序对它们作简单介绍。

这两回中最先出现的茶具是成窑五彩小盖钟,我们分成三个部分来理解。"成窑"说明这个茶具是成窑制品。这就像是人的国籍或者祖籍一样,有各国和各地的。瓷器也有一些大致的分类,有汝窑的,有哥窑的,有定窑的,等等。而这个杯子是来自成窑的。

接下来是"五彩",这说的是杯子上的花纹或者图案。瓷器有青花、白瓷等,这个是个五彩的,字面理解这个瓷器比较漂亮,颜色很丰富。最后是"小盖钟",这是形状的描写,茶杯的形状是非常多的,比如妙玉给宝黛钗的就是形状完全不同的杯子,给贾母的那个是盖钟。

大概说了下这个茶具名称的组成之后,我们来解释这三部分到底是什么。首先是成窑,成窑是明成化年间官窑烧制的一种瓷器,以小件和五彩的最为名贵。

明朝沈德符在《敝帚斋余谭》中写道:

> 本朝窑器用白地青花装五色,为今古之冠,如宣窑品最贵。近日又重成窑,出宣窑之上。

意思是说,明朝的窑一直用的是白地青花,是古今最厉害的,其中宣窑出品又是最贵重的,但是现在呢,就开始重视成窑了,这成窑已经在宣窑之上了。由此可知,明朝后期成窑的珍贵。明朝末年的谷泰在《博物要览》中对时风的记载也说明了成窑五彩的珍贵和特异之处:

品一段红楼
饮一杯香茗

　　成窑上品，无过五彩，葡萄敞口扁肚靶杯，式较宣杯妙甚。

　　成窑珍贵，其中最贵重的又属五彩，五彩瓷器颜色艳丽，它打破了青花瓷那种白地青花的单调与一成不变，用鲜艳的颜色将瓷器上的花纹景致更加完美地呈现出来。关于五彩还有一个很有趣的传说，这个传说的主人公就是明朝的成化皇帝，还有他的宠妃万贵妃。

　　成化皇帝是一个有着严重恋母情结的人，他爱的人不是别人，正是自己的"小母亲"。为什么用"小母亲"这个词来形容万贵妃呢？

　　第一，万贵妃的年纪比较大，比成化皇帝大十八岁，古代女子结婚都很早，十五六岁就结婚生子的大有人在，所以十八岁做母亲也是很正常的事情，从年龄差来说，万贵妃比成化皇帝大了不止一轮。

　　第二，万贵妃进宫的时候是孙太后身边的宫女，一直都在伺候着成化皇帝的母亲，直到成化皇帝两岁的时候，才被派过去照顾他。这情节不由得使人想起《红楼梦》中的桥段，袭人跟晴雯也是从贾母那边过去照顾宝玉的，但是两个人的职能是不大一样的，袭人就是要像母亲一样照顾宝玉，使命感很重，而晴雯则是贾母这个奶奶送给孙子的福利，是日后要成为姨娘的人。因晴雯长得漂亮又伶俐，贾母一眼就挑中了，是要绵延子嗣的，责任更重。而万贵妃年纪那么大，本应是前者，但是她却两者都做了，是很了不起的一个女人。

第三，袭人、晴雯她们是从老太太房里来的，自然要与别的丫鬟不同些。万贵妃在成化皇帝那里的身份自然也是不一样的，带有一种母性的光辉。所以我称她为"小母亲"，这"小母亲"对成化皇帝而言确实是不同的。

成化皇帝没登基的时候两人就有意了，登基的时候她才正式成了成化皇帝的妃子，那时候的她都三十五岁了，可还是专宠后宫，并且以高龄生下了一个儿子，成为了万贵妃。虽然后来孩子夭折了，但她还是圣宠优渥，成化皇帝为了让自己最爱的万贵妃开心，就专门让人烧制瓷器，一改往日青花瓷的单调，烧制成五彩缤纷、色彩夺目的五彩瓷器。烧制出来的杯碟也都十分小巧精致，更加符合女性的审美。也因为这个五彩瓷器是成化皇帝发明的，所以就以他的年号命名，叫作成化五彩，根据其材质，又叫成窑五彩。

《明史·食货志》概括性地叙述了当时成窑五彩烧造之多：

> 成化间，遣中官之浮梁景德镇，烧造御用瓷器，最多
> 且久，费不赀。

成化五彩一开始的时候是御用瓷器，直到明末清初，市面上才开始流通成化五彩瓷制品。沈德符《万历野获编》记载：

> 城隍庙开市在贯城以西，每月亦三日，陈设甚多……
> 至于窑器最贵成化，次则宣德。杯盏之属，初不过数金，
> 余儿时尚不知珍重。顷来京师，成窑酒杯每对至博银百金，
> 予为吐舌不能下。

也就是说当时一对成化酒杯值上百两银子。由于成化瓷器有极高的声誉，因此明清两代有大量仿品，其中以嘉靖、万历朝的最为逼真。嘉靖朝仿品有"成化"双圈六字楷书款的婴戏纹杯、盘。在成化器物中没有"成化年制"四字款的，更无四字黑地绿款。凡书成化、成化年制的均为后世伪作。

说完五彩，接着再说小盖钟，"小"说明了这个盖钟的大小。

这里的盖钟，应该是一种类似铜壶的瓷器小杯子，但是它是有盖子的，所以叫作小盖钟。妙玉给贾母的茶杯是这个成窑五彩小盖钟，尊贵之余又有些通俗，因为这并不是独一无二的，在市场上就可以买得到。但这杯子是暗合了贾母的个性的，别看贾母的年纪大了，但她远比住在雪洞里的宝钗生活得鲜艳，更加热爱生活。成窑五彩小盖钟也暗示了贾母生活的多姿多彩，当然妙玉选这样美丽鲜艳的杯子也是为了讨贾母的喜欢。贾母是一个追求美丽的人，她不喜欢雪洞那种死气沉沉的东西，这也是妙玉人情通达的一个表现。

说完贾母的杯子，再说说众人的，妙玉此时并没有分出三六九等来，统一用的都是官窑脱胎填白盖碗。同样是分三个部分介绍这个茶器，首先是这个杯子的出身，官窑，那可是专门为皇帝制作器具的地方，多么尊贵。在陶瓷界，官窑有两种说法：一是指宋代官窑，二是指明清时代，由朝廷直接掌管的专门烧制皇家御用瓷器的窑厂。

宋代官窑是南宋宋高宗时期专为宫廷烧制瓷器的一些窑口，供御拣退，在当时俗称"官窑"。南宋官窑瓷器沿袭北宋风格，规整对称，宫廷气势，高雅大气，一丝不苟。因为胎土含铁量极高，手感沉重，胎土呈深黑褐色，后称"紫口铁足"。釉面沉重幽亮，釉厚如堆脂，温润如玉。釉面多层反复细刮，釉光下沉而不刺眼，纹理布局规则有致，造型庄重大方。另外"肉腐留骨"（露胎处像死人骨头，俗称"古董"）也是那时所造。

这是宋代官窑的一些简单介绍，下面重点介绍下清代官窑，以下都直接称官窑。官窑分为两种：御窑瓷和官窑瓷。

所谓御窑瓷，是指专供皇家使用的瓷器，在器型、纹饰上均有严格的礼仪规定，等级森严，均与《车服制》严格对应，错用或擅用均为重罪。

御窑瓷作为皇家专用的瓷器，在严格的等级规范下又细分为以下几种。

一、皇家瓷。比如清雍正的"正黄瓷"，就是皇家专用的色彩，仅皇帝和太子可以使用。纹样方面，皇帝所用为五爪金龙，亲王则只能用四爪行龙，且称为蟒（清代仅有"一诏二封"的恭亲王奕䜣一人享受过赐用正黄和五爪金龙的待遇）。

二、王府瓷。型制设彩依例专烧，供包括亲王在内的其他皇室成员使用。著名的文物"乐道堂瓷"，即是王府瓷中的典范之作。

三、一品宫瓷。普天之下，莫非王土；率土之滨，莫非王臣。一品宫瓷多作帝王赏赐之用。早期的宫瓷题材多取自官服上的补服元素，比如武一品的麒麟、文一品的仙鹤等。

官窑瓷，主要是庞大的官僚群体使用，型制要求相对较低，多限于花、鸟、虫、鱼、神话等"礼制"之外的题材。有时皇家会作为"趣味"采购把玩，但多为官员、富商使用。这一类瓷器，一般由内务府采办，在景德镇设有专门的督陶官，长年烧造。清末后停产，于2008年10月28日由中国官窑陶瓷国际集团正式恢复制作。

既然说到了官窑，也讲到了宋朝的一些瓷器，接下来就介绍下宋代"五大名窑"，即汝、官、定、钧、哥。

汝窑是北宋后期宋徽宗年间建立的官窑，前后不足20年。窑址在河南汝州神垕镇（一说在河南省宝丰清凉寺），因此而得名。汝窑以青瓷为主，釉色有粉青、豆青、卵青、虾青等。汝窑瓷胎体较薄，釉层较厚，有玉石般的质感，釉面有很细的开片。汝窑瓷采用支钉支烧法，瓷器底部留有细小的支钉痕迹。器形多仿造古代青铜器式样，以洗、炉、樽、盘等为主。汝窑传世作品不足百件，因此非常珍贵。

官窑是宋徽宗政和年间在京师汴梁建造的，窑址至今没有发现。官窑主要烧制青瓷，大观年间，釉色以月色、粉青、大绿三种颜色最为流行。官瓷胎体较厚，天青色釉略带粉红色，釉面开大纹片。

  定窑为民窑。始建于唐，兴盛于北宋，终于元代，烧造时间近七百余年。窑址分布于河北曲阳县磁涧、燕川以及灵山诸村镇，这里唐代属定州，故称为定窑。定窑以烧白瓷为主，瓷质细腻，质薄有光，釉色润泽如玉。黑釉、酱釉也称为"黑定""紫定"，别具特色，制作精湛，造型典雅，花纹千姿百态，有用刀刻成的划花，有用针剔成的绣花，也有特技制成的"竹丝刷纹""泪痕纹"，等等。出土的定窑瓷片中，发现刻有"官""尚食局"等字样，这说明定窑的一部分产品是为官府和宫廷烧造的。

  钧窑分为官钧窑、民钧窑。官钧窑是宋徽宗年间继汝窑之后建立的第二座官窑。钧窑广泛分布于河南禹州市 (时称钧州)，故名钧窑，以县城内的八卦洞窑和钧台窑最有名，烧制各种皇室用瓷。钧瓷通过两次烧成，第一次素烧，出窑后施釉彩，二次再烧。钧瓷的釉色为一绝，千变万化，红、蓝、青、白、紫交相融汇，灿若云霞，宋代诗人曾以"夕阳紫翠忽成岚"赞美过。这是因为在烧制过程中，配料掺入铜的气化物造成的艺术效果，此为中国制瓷史上的一大发明，称为"窑变"。因钧瓷釉层厚，在烧制过程中，釉料自然流淌以填补裂纹，出窑后形成有规则的流动线条，非常类似蚯蚓在泥土中爬行的痕迹,故称之为"蚯蚓走泥纹"。钧窑瓷主要是供北宋末年"花石纲"之需,以花盆最为出色。

哥窑是宋代南方五大名窑之一,确切的窑址至今尚没有发现。据传,章生一、章生二兄弟在两浙东路处州、龙泉县各建一窑,哥哥建的窑称为"哥窑",弟弟建的窑称为"弟窑",也称章窑、龙泉窑。有的专家认为传世的宫藏哥窑瓷,实际上是南宋时修内司官窑烧制的。哥窑的主要特征是釉面有大大小小不规则的开裂纹片,俗称"开片"或"文武片"。细小如鱼子的叫"鱼子纹",开片呈弧形的叫"蟹爪纹",开片大小相同的叫"百圾碎"。小纹片的纹理呈金黄色,大纹片的纹理呈铁黑色,故有"金丝铁线"之说。其中仿北宋官窑的瓷器为黑胎,也具有"紫口铁足"。哥窑瓷胎体有厚有薄,釉色主要有粉青、月白、米黄数种,釉面光泽如肤之微汗者是为上品。器形以洗、炉、盘、碗为多。

以上是一些官窑以及宋代瓷器的介绍,官窑虽然十分珍贵,却也不是老百姓见一面都难那么夸张,至少没有妙玉泡体己茶的那些茶具珍贵。官窑为皇家所用不假,但是也会有御赐或者是残次品流入市场,比如明代到清初管理制度比较严密,官窑的就算是残次品也被一律销毁,不许流入民间,但是乾隆年间为了减少浪费，规定除了五爪龙和黄釉瓷以外，次品可以进入流通领域进行售卖。这样官窑瓷制品更多地流入了民间，官窑瓷器也就没有之前那么稀罕了。

官窑介绍完毕，再来介绍下脱胎、填白，这是两种制作工艺。

脱胎、填白都属于制瓷工艺，从字面上看，脱胎就像是把胎脱掉了一般，这是指胎体很薄，薄得到了几乎看不到的程度，就像仅剩釉层一样。这种脱胎碗的胎壁极薄，不仅是胎薄，同时它从碗口到碗心、碗底，任何一处厚薄都完全均匀，甚至透过碗壁可以看到碗外的花卉、树叶、叶片。明永乐、宣德的脱胎、填白甚至可以看到手指上的螺旋纹。

填白，又称为"甜白""素白""白瓷"，即洁白之意。在洁白的瓷胎上，施以纯净的透明釉，便能烧制出白度很高的白瓷。胎越薄，色越白，薄到半脱胎的程度，便能够光照见影。在其秀美清丽的暗花刻纹和印纹之上，光洁透亮的釉有一种诱人的甜美，这种胎薄釉莹的白瓷，便叫甜白瓷。

白瓷填白是从北宋的影青瓷演化而来的，也有人认为是由北宋时的定瓷进化而来，"白如凝脂，素如积雪"正是这种新的薄胎瓷的真实写照。

脱胎填白瓷技术发展于明永乐年间，成熟于成化以后，清代康、雍、乾时期，虽然也用过脱胎填白，但都不如明代永、宣时期的水准高。

盖碗就是三才盖碗，前面已经解释过了，这里就不多作介绍了。三个部分介绍完毕，现在回到书中，众人的都是官窑脱胎填白盖碗，那么就是说这些茶具比贾母用的可能要低一个层次。成窑是明朝，也就是前朝的官窑，那么这些茶具就不可能再往前，只能是往后，那应该就是当朝的。而且因为是给众人用的，这就说明妙玉房里普通的茶具也没有什么特别，如果是御赐的，那应该要比贾母的珍贵，但是贾母尚且用的是前朝的，众人就更不会用御赐之物了。由此推敲，这些官窑脱胎填白盖碗极有可能就是官窑残次品流入市场的时候，妙玉也买了些去。

最后说说贾母那里的旧窑十锦小茶杯。旧窑是很含糊的一个称呼，没有明确的年代解释，也没有明确的窑厂标志。贾母房中的旧窑器物尤其多，除了茶杯，还有旧窑小瓶。真怀疑曹雪芹在写书的时候，是不是按照年纪来配器具的，年轻的都有年代可考，年老的就无年代考证了。

根据书中提到的其他器具，对于时间不久远、有年代考证的瓷器,曹雪芹都会罗列出来,比如定窑、汝窑,以及上面提到的成窑,包括当朝的,也会直接用官窑来说明下。可偏偏贾母房中的都是旧窑,无从考究,但从通俗意义上来讲,旧窑瓷器一般指年代久远且特别名贵珍稀的瓷器。

赵汝珍在《古玩指南》中说:"瓷器之真伪,非若书画之易于确定也。且在以前之瓷器,多无款识,出自官窑者,因为真器,但出自他窑,而仿官窑者,苟冒书官器字样,自属为伪,若在作品上,并无款识,是作者并未明示此为官器,何以谓之为伪,固瓷器真伪,不易确定。"

这说明很多古代瓷器因为时间久远而难以断定朝代,便用"旧窑"一名一以概之。再结合贾母的身份,她是《红楼梦》中辈分最高的一个长辈,是史家的大小姐,年轻的时候什么珍奇的宝贝没见过,妙玉房里的那些,也就她们这个年纪的觉得稀奇,要是拿来给贾母掌掌眼,说不定她还不以为然呢。妙玉的宝贝已经描述得这么稀奇了,贾母作为最尊贵的长辈,曹雪芹干脆就来个留白,就说是旧窑,而什么时候的旧窑就只能各凭想象了。

说完旧窑,再看看十锦,其实就是什锦,通常意义上对于什锦有两种解释:

一、杂取同类诸物配合成各种式样,谓之"什锦"。元白珽《西湖赋》:"亭连栋为什锦,碑蚀苔以千言。"《红楼梦》第三十六回:"(宝钗)转过十锦槅子,来至宝玉的房内。"清潘荣陛《帝京岁时纪胜·元旦》:"至于酬酢之具,则镂花绘果为茶,什锦火锅供馔。"清二石生《十洲春语》卷上:"对靓品,如宴客缀锦阁下,携什锦珐琅杯,宣牙牌令。"

二、什锦即十样景,指宋代有祠禄者致仕后所领赐物。清赵翼《圣寿覃恩得拜绢绵米肉之赐》诗之一:"莫怪放翁夸什锦,归田人再拜恩难。"其自注:"宋制中致仕后有祠禄者,所领赐物名十样景(见《放翁集》)。"

但不管是哪一种解释,说明的都是一个意思,那就是丰富,再结合贾母喜欢热闹的个性,她房里的东西自然也是暗合了她的个性,要十分丰富多彩,给人一种热闹的感觉。特别有意思的是贾母在妙玉那里喝茶的杯子是五彩的,家里面自己使用的是什锦的,十比五还多一倍。做个有意思的猜测,那会不会就是曹雪芹对妙玉的一种讽刺呢,之前妙玉说自己的茶杯了不起,甚至放出了话说:"这是俗器?不是我说狂话,只怕你家里未必找的出这一个俗器来呢!"

这话确实很狂妄,也不像是出家之人会说出来的话,当时宝玉就是为了喝茶，所以没有反驳。但是曹雪芹毕竟不是贾宝玉，不需要哄着妙玉，所以作者在后面直接用另一个茶具来反驳。当然这只是一种猜想，不必当真，但就是这么毫无头绪的两个字，却写出了贾母家私之多、之珍贵。

最后是杯子的形状，没什么特别，就是一个茶杯，没有什么具体的解释。妙玉的杯子都是千奇百怪，怎么新奇，怎么金贵，曹雪芹就怎么写。到了贾母这里就非常简单的一个旧窑十锦小茶杯，除了什锦可以看出贾母这个人的性格之外，其他什么也看不出来。旧窑，具体哪个年代哪个窑厂的不知道。茶杯、茶铫，什么形状？造型精不精美？这个也不知道。

在描写妙玉的茶具跟贾母茶具的时候，曹雪芹用了完全不同的两种表现形式，妙玉的特别直白，用精准的词语体现出妙玉那种细致的珍贵。而到了贾母这里，一切都是浮云了，曹雪芹特别随意地写出了茶具的出身、色彩，只是突出了贾母的性格特点，但无从考证其他信息，用一种粗线条的表达方式表现出了贾母那种大而化之的金贵。

到这里，红楼中珍贵的茶具算是全部介绍完了，后面就该介绍红楼中珍贵的茶盘了。

第十五章 红楼茶盘以及历代名贵茶盘

《红楼梦》第四十一回的情节很多，刘姥姥是看什么都新奇的，我们也是跟着刘姥姥看什么都新奇。就《红楼梦》中出现的那些茶具，别说是我们了，就是那些研究红楼的专家也不一定知道。前面我们介绍了红楼中的各种茶具，接下来我们就来讲讲茶盘。

红楼中的茶盘和那些茶具一样，都比较金贵。别看妙玉是一个带发修行的尼姑，但她曾经是个千金小姐，她拿出来的东西可能贾府也拿不出来。而妙玉又是一个强烈的矛盾体，按说出家人应该四大皆空，但是妙玉的身上却多了一分世俗的气息，不是说她的品位世俗，而是她始终都没有做到六根清净。也许正是因为她曾经是千金小姐，在没有选择的情况下被送到了菩萨面前，多少是不甘心的。没有选择的时候，她只能听从命运的安排，现在有选择了，就要按自己的方式生活。谁说出家人就都是苦行僧，她就是要让自己成为尼姑中的特例，将一干红尘俗世中的富贵闲人都比下去。可能就是带着这样的不甘心，所以她凭借自己的家底，收藏的都是极好的东西，半点没有在物质上亏待自己。所以就连她的一个小小的茶盘也是世间少有的，文中是这样描述的：

> 只见妙玉亲自捧了一个海棠花式雕漆填金"云龙献寿"的小茶盘，里面放一个成窑五彩小盖钟，捧与贾母。

一个普通的茶盘还有这么多的修饰，我们仍旧分开来解释一下。首先是海棠花式，这是这个茶盘的样式。贾府中的茶盘一般都是洋漆茶盘，样子应该是相对普通的，而妙玉用的是海棠花样子的，样子就略为不同了，因为茶盘都是天然材质的，海棠花又属于不规则图案，所以要雕成海棠花式是特别难的。

再看看下面，雕漆填金，这是茶盘的工艺。雕漆为髹漆工艺之一，更确切地应称为剔漆，雕漆就是先在麻布或木头制作的胎体上涂漆，第一层干了再涂第二层，如此反复，越涂越厚。直到漆皮厚度达到要求之后，工匠按照设计好的图案用刻刀在漆上雕刻花纹，最后打磨上光，就形成了具有浮雕效果的漆器，非常漂亮。但是由于制作一件漆器大约要涂一百层漆，有的甚至更多，因此漆器的制作过程也非常耗时。漆器的颜色，还可以按照底漆颜色的不同分为剔红（朱漆雕刻）、剔彩（用五色漆胎，金、银漆胎雕出黄、绿、黑与金、银本色等）、剔犀（涂以红、黑色漆而雕出红黑相间的线纹）。

雕漆已经是一件非常耗时耗人工的事情了，后面还要填金。填金是指在雕漆及花纹的凹处，用金漆填满，从而形成金碧辉煌、光彩照人的效果。这样造出来的茶盘可以说是价值连城了。但是还有一个步骤是没有说的，那就是雕花。

不止工艺难得，这个茶盘的花纹"云龙献寿"也寓意吉祥长寿，想来应该也非常精致美丽。

讲完妙玉的茶盘，接下来讲讲贾府的茶盘，也都是非常金贵的，只是跟妙玉的相比就普通了些。贾府里用得最多的是洋漆茶盘，第五十三回是这样描写贾母房间的陈设的：

> 又有小洋漆茶盘放着旧窑什锦小茶杯，又有紫檀雕嵌

的大纱透绣花草诗字的缨络。

这是贾府中常用的一个茶具,可能每个太太和小姐的房中都有这样的茶盘,比这个再精细点的茶盘在第六十二回贾宝玉过生日的时候也出现过,原文如下:

> 宝玉正欲走时,只见袭人走来,手内捧着一个小连环洋漆茶盘,里面可式放着两钟新茶,因问:"他往那里去呢?我见你两个半日没吃茶,巴巴的倒了两钟来,他又走了。"

还是洋漆茶盘,就是样子独特了点,是小连环样式的。小连环是怎么样的呢?书中并没有给出解释。再看洋漆,又称泥金,是明代从日本引进的一种手工艺。具体操作就是用金粉和漆合后涂绘于漆器上,清雍正、乾隆时期是生产洋漆的全盛期,清宫"造办处"设有作,工匠多来自江南。如雍正五年三月,海望传旨:"着照九洲清晏后殿内创床样……"

洋漆虽也是很精巧的一种工艺,但是跟妙玉的茶盘相比还是逊色了不少。下面再讲讲同时期类似的茶盘。

先从跟红楼中材料统一，做工也类似的清乾隆雕漆船形茶盘说起。这款茶盘是乾隆年间的一款雕漆茶盘，可以跟妙玉的那款茶盘相媲美。首先是它的形状，海棠花式已经算是很独特的形状了，这款茶盘形状要更加难得，是船形的。《核舟记》里的匠人可以在核桃上雕刻出精细的作品，清朝的匠人也了不起，可以将茶盘雕刻成船的样子，不知道这样的茶盘谁舍得用。

木质的茶盘暂时讲到这里，下面介绍几款瓷器的茶盘。第一款推荐的是甲寅浅绛彩山水人物瓷茶盘。从时间来看，这款茶盘出现的时间是在民国时期，1914年。从工艺来看，这款茶盘的工艺是浅绛彩瓷，这是清末时景德镇具有创新意义的釉上彩新品种。从同治、光绪到民国初约50年时间，这种工艺将中国书画艺术的"三绝"——诗、书、画在瓷器上表现出来，使瓷画与传统中国画结合，创造出瓷画的全新面貌。"浅绛"原是借用中国画的概念，指以水墨勾画轮廓并略加皴擦，以淡赭、花青为主渲染而成的山水画。

而浅绛彩瓷中的"浅绛"，特指晚清至民国初流行的一种以浓淡相间的黑色釉上彩料，在瓷胎上绘出花纹，再染以淡赭和水绿、草绿、淡蓝及紫色等，经低温(650~700℃)烧成的一种特有的低温彩釉。

粉彩填色之前需用玻璃白（含砷的不透明色彩）打底，浅绛彩不用，而是直接将淡矾红、水绿等直接画上瓷胎，故粉彩有渲染而浅绛没有。清代粉彩艺人由于分工细，文化程度不高，多数只能专工一种题材。

浅绛艺人有较高的文化素养，多数兼善山水、人物或花鸟。清代官窑粉彩由宫中发样，工匠照描，描完后填色，故很难表现出艺人的个性。浅绛则从图稿设计、勾画都由一人完成，能自由表达画者的风格与个性。因而粉彩为局部工人分工合作的产物，而浅绛则是文化层次较高的艺人创意之作，故粉彩板而浅绛活。晚清粉彩多取自前代瓷器图案，浅绛则多借宋元以来的文人画稿，其文化气息更加浓郁。

再来是德化茶盘，德化瓷始于宋代，明代后得到巨大发展。德化瓷器有青瓷、青白瓷、白瓷等，其中以白瓷闻名于世。德化白瓷瓷质优良，洁白如玉，胎骨细密，透光度好，釉面晶莹光亮，具有透明感。

最后要介绍的是晚清青花花卉茶盘。青花瓷又称青花白地瓷，简称青花，早在唐宋时期就已经有了。青花瓷是以含氧化钴的钴矿为原料，在陶瓷坯体上描绘纹饰，再罩上一层透明釉，经高温还原焰一次烧成。钴料烧成后呈蓝色，具有着色力强、发色鲜艳、烧成率高、呈色稳定的特点。晚清的青花瓷与唐宋年间或者是清朝早期的相比，要粗糙很多，造型厚重笨拙，釉稀薄而发灰、泛青，青花发色飘浮，胎质粗松，釉稀薄，胎釉结合不紧密，纹饰以吉祥图案为主。

讲完这几款古代茶盘，现在再来讲讲现代茶盘。生活中我们将盛茶杯的都称作茶盘。有一种介于茶盘与茶海之间的茶具，其造型优美，款式多样，一般都是由一整个木头雕刻而成的，可以当小茶桌使用，也可以当作茶海的茶台，人们也将它称为茶盘。

这种茶盘上面没有提及过，这里就简单补充下。它的选材广泛，金、木、竹、陶皆可取。以金属茶盘最为简便耐用，以竹制茶盘最为清雅相宜。此外还有檀木的茶盘，例如绿檀、黑檀茶盘等。

金属茶盘以最实用见长，若非外力恶意破坏，永远不会开裂，兼之价格便宜，所以用者甚广。不锈钢茶盘长久不清洗而蒙茶垢，略经擦拭即可光亮如新，只是这西洋光很有些舶来品的感觉，不如其他材质更有中国味道，但闽地安溪经营铁观音的茶商多喜此物，家家必备，亮晶晶地一字排开，颇为壮观。

　　由玉、端砚石、寿山石和紫砂制作的茶盘古朴厚重，别有韵味，但其硬度和紫砂壶、瓷杯接近，使用时需小心谨慎，最好有壶垫与杯垫相托，以免碰裂。

　　竹木材质的茶盘自然雅致，加工工艺水平逐年进步，以竹之清寂、谦恭、直而有节的品质，历来为中国文人所推崇，所以竹制茶盘天生就是茶道组合的最佳搭档。至于那些精雕细琢、富丽堂皇、镶嵌螺钿的仿红木茶盘，于茶台上喧宾夺主，非但不能作为平和静穆的背景衬托，反而有失饮茶品位。

　　电茶盘，流线形外观设计，人性化结构，美观时尚，操作简便。采用环保节能送水系统和多级消声减振处理技术，给水省时省力，静噪效果佳。微电脑加水控制系统，特设自动与手动加水模式，满足个性化加水需要，还能智能优化煮水程序，特设再沸腾功能，煮水、加水方便。

　　玉石茶盘，其线条与纹路自然生动，样式繁多，或美观大方，或高贵典雅，行云流水，是家居装饰的理想物品。

　　玉石是矿石中比较高贵的一种。钻石之美在于它的坚硬、清澈、明亮，彩色宝石之美在于它的艳丽多姿，而玉石之美则在于它的细腻温润、含蓄雅致。

文房四宝砚为其一，在中国所产的四大名砚中，尤以端砚最为著名。宋朝著名诗人张九成赋诗赞道："端溪古砚天下奇，紫花夜半吐虹霓。"端砚的历史悠久，石质优良，而且端砚石质与水相亲，湿水后犹为晶莹剔透，细腻而润滑，因此制成茶盘。

紫袍玉带石茶盘也很有名，紫袍玉带石为贵州独有，产于佛教圣地梵净山。该石以稳沉的紫色为主，绿色相间，同时伴有橘红色、白色等。紫袍玉带石层次分明，手感细腻柔润，色泽自然和谐，密度好，耐酸碱，硬度适中，雕刻性能好，形态多样，并且含有促进人体健康的多种微量元素。

黑檀木茶盘。黑檀木属于高级的木材，是世界上最稀少、最名贵的木种之一。目前每吨的价格一般为1万元到3万元不等，如果材质好，价格就会更高一些。而由黑檀木制造的家具都比较昂贵，一般由其制成的一把椅子也要数万元。

红木茶盘。红木为五属八类。五属即紫檀属、黄檀属、柿属、崖豆属及铁刀木属。八类则是以木材的商品名来命名的，即紫檀木类、花梨木类、香枝木类、黑酸枝木类、红酸枝木类、乌木类、条纹乌木类和鸡翅木类。红木是指这五属八类木料的中心部分，除此

197

之外的木材制作的家具都不能称为红木家具。

黄金樟根雕茶盘，由缅甸三大国宝之一的黄金樟材料制作而成。黄金樟瘤体花纹美丽，漂亮的雀眼纹让人赏心悦目，由此制作的每款茶盘都是唯一的，具有收藏意义，茶盘制作师傅会尽量保留黄金樟的天然之美，只是巧妙地切几层有斜度的层次制成台。

根雕茶盘就是利用树根制作成茶盘，也有人称之为根雕茶海。其突出特点就是采用了根雕手法，根雕师傅充分利用树根的自然造型，发挥人的智慧，变废为宝，把树根做成集装饰与收藏价值于一体的特殊产品，可以说每件产品都是唯一的。

鸡翅木茶盘。鸡翅木为崖豆属和铁刀木属树种，属红豆科，产于中国的广东、广西、云南、福建以及东南亚、南亚、非洲等地，有四十至六十种，我国有二十六种，主要产于福建省，因其花纹秀美似鸡翅膀而得名。鸡翅木有的白质黑章，有的色分黄紫，斜锯木纹呈细花云状，酷似鸡翅膀。特别是纵切面，木纹纤细浮动，变化无穷，自然形成山水、人物图案。鸡翅木较梨花、紫檀等木材产量更少，木质纹理又独具特色，肌理细密，紫褐色深浅相间，尤其是纵切面织细浮动，具有禽鸟颈翅的闪耀光辉。

黑玉石茶盘。黑玉石，雅称"乌金石"，出自于名川北岳，经岁月沉淀，风雨历练，卓然屹立，质坚而气润，沉静厚重，大气浑然天成。

关于茶盘的介绍就到这儿，下一章我们讲讲女儿茶。

第十六章 女儿茶与普洱茶

《红楼梦》提到茶的地方不多,但只要写了,都很精致。宝玉应该是红楼中最爱茶的人,至少是最爱品茶的人。曹雪芹介绍茶的时候,他都在场。从一开始在梦里喝到的仙茶,到他爱喝的枫露茶,再到后来林黛玉喜欢的暹罗茶,他也有,只是他不喜欢,正好自己心爱的女子喜欢,二话不说就全部给她。到后面又有妙玉的好茶,跟着贾母等人时就尝了老君眉,接着又喝到了妙玉的体己茶,最后还有他房里的女儿茶。但凡是喝茶的时候,他都在。

曹雪芹是故意如此安排的吧,今天宝玉不到,绝不出茶,宝玉到了才有茶。第六十三回,众人给宝玉过生日,专门介绍了宝玉爱喝的另一款茶——女儿茶,还介绍了女儿茶的功效,消食减肥。

第六十二回、六十三回都是讲宝玉等人过生日,很巧合的是薛宝琴、邢岫烟、平儿都是这一天生日。但是这三个都是陪衬,宝玉才是正主儿,万红丛中一点绿,就宝玉的生辰足足闹了一天一夜,他白天跟姑娘们玩,晚上跟丫鬟们嬉闹,玩得没劲了,还抽花签,极其热闹。

第六十二回写的就是贾宝玉白天过生日的情景,一早上又是拜寿,又是吃酒的。席间大家又玩起了射覆、划拳,主要是丫鬟们没那么有文化,不会射覆,只会划拳,所以就雅俗共赏地疯玩了起来。

第二天还有意外惊喜,他收到了妙玉的帖子,难得妙玉还会来祝贺生辰,他受宠若惊,刚想去找林黛玉说这个事情,就遇到邢岫烟。邢岫烟了解了这件事,就为宝玉答疑解惑了。这就是宝玉过生日时主要干的几件事情,真是把他给忙坏了。

那么女儿茶是在什么时候出现的呢?是在第六十三回宝玉要做局的时候,林之孝家的带着几个婆子来查房,看到贾宝玉还没睡,就问了几句。他说是吃撑了睡不着,林之孝家的就让他喝些普洱,正好袭人她们泡了女儿茶,请林之孝家的喝,原文如下:

林之孝家的又向袭人等笑说:"该沏些普洱茶喝。"

201

品一段红楼
饮一杯香茗

袭人、晴雯二人忙说:"沏了一茶缸子女儿茶,已经喝过两碗了。大娘也尝一碗,都是现成的。"

从这段对话中可以看出,第一,贾家的人不管是丫鬟还是主子常识性还是很好的,他们不会乱喝茶,知道什么时候该喝什么茶。晚上吃多了,林之孝家的让丫鬟们伺候宝玉喝普洱,而怡红院的丫鬟们也是知道这个常识的,所以早就已经沏了女儿茶。第二,普洱消食的效果很好,不然也就不会在此时出现这个茶了。第三,怡红院的茶要比别的地方的高档些,妙玉除外,人家推荐喝普洱,他们喝的却是其中的精品——女儿茶。

接下来我们就来介绍一下普洱和女儿茶。先从比较早出现的普洱说起。普洱是黑茶的代表茶之一,"普洱"这个名字的由来跟云南布朗族有关。云南布朗族先民是最先种植茶树的民族,普洱茶的名称也和该民族的祖辈们有密切关系。在云南有个叫"普洱"的地方,在唐宋元明时期名为"步日睑""步日部",到清代时才叫"普洱府",而茶名却在清代前已称"普茶"。

"普洱"是佤语"步日""步耳"的同名异写,"普"是"扑""蒲""濮"的同音异写,"濮人"是最早种茶的民族,"普茶"即是"濮茶"。

关于"普洱"是"步日""步耳"的同名异写，有以下几点说法。

一、远在唐代，南诏已于今思茅（普洱）地区设银生节度于银生城（今景东彝族自治县），普洱设治，名曰"步日睑"，宋代元代时期，又称"步日部"，明洪武十六年（1383年），改称"普洱"，清雍正七年（1729年）改为"普洱府"。

二、佤族学者尼嘎（魏德明）先生做过调查，并在《"普洱"人考》中提出："步日"或"普洱"是佤语，在佤族（布饶）和布朗族中是"兄弟"的意思。

三、调查考证发现，佤族布饶人称布朗族为"步耳"，有的方言为"步日"，布朗族则称佤族为"布嘎"，意为朝前走的同伴。澜沧拉祜族自治县一带的布朗族和佤族布饶人都自称为"艾佤"，后来在迁徙的过程中，前面走的是佤族人，所以布朗族称他们为"布嘎"，后面跟来的是布朗族，故佤族称他们为"步日"。至今在佤族布饶人和布朗族中，仍然广泛流传着其祖先居住在普洱（今宁洱）、思茅、墨江一带的事迹。1949年以前居住在普洱城边的几家布朗族人还说，普洱城最早是他们的老祖宗建立的，以前普洱城有块石碑上还刻有他们"大王"（指首领）的名字，后来被敲掉了。

这就是普洱茶的由来，接下来介绍普洱的分类，大致有以下几种分类法：

一、依树种分类

（1）乔木：主要采乔木树叶作茶菁，叶片较大，古称大树茶。

（2）灌木：主要采灌木树叶作茶菁，叶片较小，也就是一般看到的矮茶树种，现称小树叶茶。

二、依制法分类

（1）生茶：采摘后以自然方式发酵，茶性较刺激，宜放置多年，茶性会转温和，好的老普洱通常是采用此种制法。

（2）熟茶：人为发酵法使茶性温和，让茶水达到软水好喝。

三、依存放方式分类

（1）干仓普洱茶：宜存放于通风的仓库，使茶叶自然发酵，陈放 10~20 年为佳。

（2）湿仓普洱茶：通常放置于湿气较浓的地方，如地下室、地窖，加快其发酵速度。有陈泥或霉味，陈化速度较干仓普洱快，放 5~10 年为佳。

四、依外形分类

（1）饼茶：蒸压成扁平圆盘状，有点像吃的派或披萨那样。古六大茶山多以 357 克（老重量单位：七两）压成一饼，七饼为一包，喻为多子、多孙、多福。

（2）沱茶：形状跟饭碗一般大小，普洱茶的中上品级以沱茶及饼茶居多。

（3）砖茶：蒸压成形状似砖块一样的长方形紧压茶，大部分的砖茶都销往西藏及蒙古等地，制成这种形状主要是为了便于运送。

（4）金瓜贡茶：金瓜贡茶也称团茶、人头贡茶，是普洱茶独有的一种特殊紧压茶形式，因其形似南瓜，茶芽长年陈放后色泽金黄，得名金瓜。早年的金瓜茶是专为上贡朝廷而制，故名"金瓜贡茶"。压制成大小不等的半瓜形，从100克到数百斤均有。

（5）千两茶：千两茶以每卷（支）的茶叶净含量合老秤一千两而得名，因其外表的篾篓包装成花格状，故又名花卷茶。该茶呈圆柱造形，每支茶一般长1.5~1.65米，直径0.2米左右，净重约36.25千克。

（6）散茶：未压制成片或团的茶叶。《宋史·食货志下五》："茶有二类，曰片茶，曰散茶……散茶出淮南、归州、江南、荆湖，有龙溪、雨前、雨后之类十一等。"散茶是普洱茶的中等品级。

这是基础茶普洱的分类，普洱茶好喝，富含营养，除了减肥美容之外，还有其他的功效。比如说普洱茶可以降血脂，还可以清热、消暑、解毒、消食、去腻、利水、通便、祛痰、祛风解表、止咳生津、益气、延年益寿，还可以防止动脉硬化、冠心病，有降血压、抗癌（茶类都可以抗癌，就是功效大小有差别而已）、降血糖、抑菌消炎、减轻烟毒、减轻重金属毒、抗辐射、防龋齿、明目、解酒等功效。熟普洱暖胃，但生普洱伤胃，生普的减肥效果好，不过肠胃和脾胃虚的人需要谨慎使用。

普洱真的是很好的一款茶，但是它也有缺点。黑茶因为讲究越陈越好，所以普洱有一种说不出的奇怪味道，类似于霉味。还有就是普洱茶的汤色深，味道也比较苦，口感不是很大众，所以不喜欢这款茶的也大有人在。为了改善普洱茶味不好闻和入口苦涩的缺点，在普洱基础茶上，又衍生出来不同的工艺茶，比如说柑普茶。柑普茶又叫作小青柑，就是将普洱散茶填放到小青柑里面，冲泡的时候整个放进杯子里。这时候普洱的霉味就会被小青柑的清香味掩盖，口感上有了小青柑的加入，也会更加淳美。

这款茶的历史也很悠久，据说在道光年间就已经有了，关于它的由来还有一个故事。

道光年间有一个叫作罗天池的进士，被誉为"粤东四大家"之一。在罗天池辞官回乡的时候，他带回许多普洱茶。可能因为常年在外，对家里的环境有些不适应，他一回乡就感冒了。他回乡的时候正好是秋天，妻子就用陈皮煮水给他服用，原本是当地的一些土方法，但这人爱茶，也爱看书，当时也没在意，正在看书品茗，也就没问妻子，把这陈皮水当成了白开水，以为是给他泡茶用的，直接就把陈皮汤倒入茶壶里。

倒进去之后他才发觉是镇咳、化痰的陈皮汤，这时候看看茶汤，觉得这普洱茶倒了也怪可惜的，想着陈皮是化痰止咳的，普洱也是养生的，都是对身体好的，放在一起喝应该没事。于是他就啜了一口，发觉这茶不但不难喝，反而觉得淡淡的陈年橘子皮味和普洱茶混合的香味直透鼻孔，齿颊留香。喝了几杯，他便觉得咽喉舒畅，咳痰少了。第二天，罗天池又叫妻子煮陈皮水给他泡普洱茶，连服两天，不仅化痰止咳，心中的郁闷仿佛也被陈皮和普洱茶洗了去。至此，每喝普洱茶时，他都喜欢加上一些陈皮。

后来隔壁的族弟给他送来一些自己种的柑橘，他拿起橘子看了看，心想普洱茶放置的时间越长，越醇厚好喝，柑橘皮也是放置的时间越长久，去痰镇咳的效果越好，如果将这两样东西一起存放，既方便冲泡饮用，也容易储存。

于是他把柑橘皮撕开三瓣，然后将普洱茶叶包起来，这样虽然易装，但茶叶也易散出来。罗天池心想，如果要使茶叶放在柑橘里不漏出来，柑橘皮就不能受到破坏，这须将果肉和核掏出来。于是，他取了一个青黄的柑橘，用刀子将柑橘底部割一小块，把果肉去掉，用普洱茶将空橘皮填充结实，再盖上刚割下来的柑橘皮，把果子恢复成原状，拿出去晒干。风干后的柑橘皮呈金黄色，既干又脆，散发出淡淡的橘子清香。为了防潮和不压破柑橘皮，他想起了在云南时，当地人喜欢用绳索把鸡蛋绑起串起来卖的风俗，就找来稻草把柑橘茶一个个绑成串挂在书房。他还将制好的茶叶送了一些给乡人，并亲自教乡人制作。从此，柑橘普洱茶的制法逐渐在良溪传开，后渐渐传到鹤山、新会、开平等地，并延续至今。

罗天池发明了这道小青柑，云南人民就借用糯米香叶子发明了另外一款普洱，叫作糯香普洱。这款茶没小青柑那么麻烦，就是将糯米香叶子和普洱茶放在一起制作就可以了，有了糯米香叶子的普洱香味更加浓郁，闻着就像是粽子的味道，但味道却更加温和、顺滑，不苦涩。

除此之外，还可以用普洱做一些简单的搭配，比如花茶。普洱是一款很好搭配的茶，跟茉莉花、玫瑰花、菊花等都可以自由搭配，花香味可以将普洱的霉味去除掉，但要注意，第一遍洗茶的时候，玫瑰是不能和普洱放在一起冲泡的，而是应该先泡普洱，再放入玫瑰花。

讲了这么多茶叶，最后介绍一下普洱的开茶。因为普洱多制作成茶饼、茶砖、沱茶之类，散茶比较少，所以泡茶前首先得开茶。

开茶要选择好用的茶针，其次才考虑手柄等。茶针一般选择针尖较细的圆头或扁头茶针，开茶时方便、耐用，并且不伤茶。

不同种类的普洱，选用的开茶方式也是不同的。

一、普洱饼茶开茶法

普洱茶饼的体积比较大，而且制作方法也比较特殊，开茶时需要特别注意保持它的完整性。拿起茶针顺着饼茶的纹理沿边缘一针针插进去，保持茶叶压制纹理的完整性，使用茶针一圈下来之后，即可从表面剥离出一圈茶饼。接下来再顺着茶饼的压制纹理插针，一针不行再插一针，切忌一针下去之后猛力起针，这样很容易出现碎裂。

二、普洱紧压沱茶开茶法

普洱紧压沱茶圆润可爱，深受茶友喜爱。撬茶时将沱茶的窝面朝上，沿着茶沱的边缘顺着茶的纹理朝窝里、外各撬4针分成4份，然后再平均分成8份，小针小针慢慢分开，用茶针在沱茶侧面斜着插入，直至沱茶开始松散，自然脱落，之后再顺着纹理撬茶就很容易了。

三、普洱砖茶开茶法

普洱砖茶压制很紧，但撬茶也有绝招。将茶砖竖立起来，按照茶叶压制的纹理把茶针插进去，多插几针，可完整地剥离一整面的茶，一块100克的小茶砖可成功撬成4块片状小茶砖，剩下的徒手轻轻掰开即可。撬小茶砖相对容易，压制很紧的大茶砖难度稍大，但撬茶原理和小茶砖一样。

这就是常见的三款紧压茶的开茶方法，普洱茶的相关知识就介绍到这里，接下来讲讲女儿茶。

女儿茶在清代是贡茶之一，别名鼠李（《神农本草经》）、臭李子（吉林）、大绿（河北）、老鹳眼（辽宁）、牛李子（《救荒本草》）。这种茶产自黑龙江、吉林、辽宁、河北、山西，生于山坡林下的灌丛木、林缘和沟边阴湿处，海拔1800米以下，苏联西伯利亚及远东地区、蒙古和朝鲜也有分布。

关于女儿茶名字的由来有两种说法。

一种说法是在云南茶区，勤劳的各族妇女自古以来都是茶叶生产劳作的主力军，云南的男人们在家里负责琴棋书画、诗词歌赋，而养家糊口是女人们的事情，所以她们常常迎朝露、顶烈日、冒风雨、踏夕阳，早出晚归，采茶制茶。茶叶融入了她们的情感，茶叶也寄托了她们的希望，所以她们采制的茶叶也常常被称为"女儿茶"。

另一种说法是相传乾隆皇帝到泰山封禅，乾隆平生的爱好之一就是到一个地方就要品当地的名茶，但是泰安并无茶树，这时候官吏们就想到了乾隆的另一个癖好，喜欢美女。于是他们选来美丽的少女到泰山深处采来青桐芽，以泰山泉水浸泡，用体温暖热，献给皇帝品尝，名曰女儿茶。

泰山女儿茶产于泰山景区，海拔高，昼夜温差大，茶叶自然品质好，是泰安一大特产。原来，最早的女儿茶并不是真正意义上的茶，从1966年起泰安开始引种茶树，经过几代人的努力，现在泰山脚下的女儿茶已经成为我国最北方的茶叶种植基地。

这就是普洱与女儿茶的全部内容，红楼中的茶叶介绍也就完结了，下面一章我们讲讲红楼茶祭文化。

第十七章 从贾宝玉祭晴雯谈茶祭

红楼写茶不多,茶祭也只在晴雯死后出现过一次。要讲茶祭,我们先来讲讲晴雯这个人。

《红楼梦》第七十六回讲到,晴雯被赶出大观园后,病重在家,跟宝玉见了最后一面。抄检大观园之后,王夫人决定好好清理宝玉身边的人,将那些妖里妖气的她看不上眼的都打发了出去,把之前留在各姐妹房里的几个小戏子也一并打发了。

然后再来说说这个章回中的女主角晴雯,晴雯是贾宝玉房里的丫鬟,因为长得漂亮,人又聪明,眉眼之间有些像林黛玉,所以就有些任性,甚至刁蛮。她撕过贾宝玉的扇子,把偷窃的丫鬟坠儿赶出了大观园,也曾经指责过小红,还把林黛玉关在怡红院门外。晴雯可以说是最不像丫鬟的一个丫鬟,但是没办法,贾宝玉就是喜欢。王夫人挺恨这样的丫鬟在贾宝玉房里，所以一经王善保家的等人的挑拨，就把晴雯赶出大观园去了。

以上是晴雯在贾府的一些事情，下面再介绍下晴雯的出身。说起出身，晴雯应该是所有丫鬟中最苦的一个，她父母双亡，小时候被贾府的奴才赖大买了去。因为她长得好看，所以赖嬷嬷带她去贾府的时候被贾母看上了，就送给了贾府，算是麻雀变凤凰了。晴雯一开始伺候贾母，后来贾母把她给了宝玉，原是等着宝玉长大些了做姨娘的，没想到中途出了这事。关于晴雯的出身，书中也有具体的描写：

> 却说这晴雯，当日系赖大买的。还有个姑舅哥哥，叫做吴贵，人都叫他贵儿。那时晴雯才得十岁，时常赖嬷嬷带进来，贾母见了喜欢，故此赖嬷嬷就孝敬了贾母。过了几年，赖大又给他姑舅哥哥娶了一房媳妇。

晴雯真的是如同茗烟嘴里说的"与奴才做奴才的奴才"，出身不是一般的低，这样的出身，在贾府中除了她恐怕也没别人了。贾府的丫鬟，一般有两种情况，一种是家生子，父母或者说祖祖辈辈都是贾府的奴才,赖嬷嬷就是,她是贾母的丫鬟,赖大又是贾府的下人,除此之外,鸳鸯和小红等也都是家生子。还有一种就是家里困难,所以送到贾府当丫鬟的,这种是比较多的,袭人、麝月、紫鹃等都是。

就出身而言,晴雯就比她们矮了一截,身价差的也不是一点点,下人买奴才跟主子买奴才出的钱怎么会是一样的呢。但是晴雯的运气很好,她长得特别好看,而且非常聪明,比如她会界线,这是贾府里或者说是当时基本上没有人会的。因为她的这些优势,在宝玉身边的时候,她跟别的丫鬟比是没什么差的,她也不自卑,反而还有一股傲气,谁也不怕,跟宝玉吵过架,也说过宝玉房里的其他丫鬟。在宝玉房里的时候,她就像是个小姐一样,懒懒的,能不干活就不干活。

但是一被赶出大观园就不一样了,家徒四壁,连个照顾她的人都没有,喝口水还要等宝玉来了,不然就可能被活活渴死,且看原文:

> 宝玉听说,忙拭泪问:"茶在那里?"晴雯道:"在炉台上。"宝玉看时,虽有个黑煤乌嘴的吊子,也不像个

茶壶。只得桌上去拿一个碗,未到手内,先闻得油膻之气。宝玉只得拿了来,先拿些水洗了两次,复用自己的绢子拭了,闻了闻还有些气味,没奈何,提起壶来斟了半碗。看时,绛红的,也不大像茶。晴雯扶枕道:"快给我喝一口罢,这就是茶了。那里比得咱们的茶呢。"宝玉听说,先自己尝了一尝,并无茶味,咸涩不堪,只得递给晴雯。只见晴雯如得了甘露一般,一气都灌下去了。

宝玉一共去过两个丫鬟的家里,一个是袭人,一个是晴雯。去袭人家的时候,正好是袭人回家的时候,那时候她们家很热闹,聚集了很多人。家里的摆设、吃穿虽然比贾府简陋,但是书中也交代了当年是袭人家太穷了才会把袭人卖了当丫鬟的,但是现在情况好转了,她的哥哥花自芳也做起了小生意,正打算赎人,是袭人不肯才作罢。所以袭人家比贾府肯定是差很多的,但是比普通人家还是要好很多,在吃穿方面虽远不及贾府,但也勉强入眼。再看看晴雯家的,家里除了必需的床和桌椅板凳之外,什么都没有,那茶壶也是脏得要死,还有一股油膻之气,茶叶也是没有茶味,还十分咸涩。

品一段红楼

饮一杯香茗

这一回讲尽了晴雯的悲惨结局，接下来我们再说说贾宝玉。宝玉这一辈子为女孩子操碎了心，在大观园中他就为女孩子鞍前马后，哄着林黛玉，为香菱解决困难，连出个门也还想着袭人爱吃糖蒸酥酪，晴雯爱吃豆腐皮的包子。他为女人苦，女人为了他也没少遭罪，林黛玉为他哭，薛宝钗为他操心，茜雪为他被赶出了大观园，还有两个为他送了命，一个是金钏儿，一个是晴雯。会有此悲剧的理由也是一样，就是因为王夫人觉得她们狐媚惑主，二话不说就将她们赶出了大观园，一个羞愤难当投井自杀，一个病死在了家中。女孩们为他付出了生命，他也没有忘记这些女孩，书中主人给下人拜祭的也就是他了，而且方式也都是十分诚恳的。

两个不同的女孩子，他分别用了两种不同的祭拜方式：一种是香祭，一种是茶祭。先是金钏儿，金钏儿死了，他心里一直非常内疚，于是就在凤姐生辰的时候，带着茗烟出去了，借口是北静王的爱妾死了，他去看看。然后两人就来到了水仙庵，虽说这也是贾家的产业，但是跟水月庵、铁槛寺相比，里面的东西差得很多。贾宝玉拿个香炉就直接祭拜上了，不在乎形式，有心就好。

晴雯跟金钏儿不一样，金钏儿是王夫人的丫鬟，贾宝玉只有跟母亲有关系的时候才会跟金钏儿有交集，感情没那么深。晴雯是谁，那是自己房里的丫鬟,曾经跟自己同睡一个房间,朝夕相处的人,这感情是金钏儿没法比的。而且金钏儿的事情,悄悄地就了了,晴雯是大动干戈之后被赶了出去的,更有一种被强迫离别的伤感。而且贾宝玉与晴雯见完最后一面后,还做了个梦,梦见她来告别,这一切都震撼着宝玉的内心,所以这一回他大着胆子,在大观园中就开始祭拜了,原文如下:

> 独有宝玉,一心凄楚。回至园中,猛见池上芙蓉,想起小丫鬟说晴雯做了芙蓉之神,不觉又喜欢起来,乃看着芙蓉嗟叹了一会。忽又想起:"死后并未至灵前一祭,如今何不在芙蓉前一祭,岂不尽了礼?"想毕,便欲行礼。忽又止道:"虽如此,亦不可太草率了,须得衣冠整齐,奠仪周备,方为诚敬。"想了一想:"古人云,'潢污行潦,荇藻苹蘩之贱,可以羞王公,荐鬼神',原不在物之贵贱,只在心之诚敬而已。然非自作一篇诔文,这一段凄惨酸楚,竟无处可以发泄了。"因用晴雯素日所喜之冰鲛縠一幅,楷字写成,名曰《芙蓉女儿诔》,前序后歌;又备了晴雯素喜的四样吃食。于是黄昏人静之时,命那小丫

品一段红楼
饮一杯香茗

头捧至芙蓉前,先行礼毕,将那诔文即挂于芙蓉枝上。

贾宝玉将《芙蓉女儿诔》挂上之后,就流着泪念了一遍。"读毕,遂焚帛奠茗,依依不舍。"

这样整个茶祭就算是完成了,通过这两种完全不同的祭拜,我们可以知道宝玉平时最爱的两种物件,一个是香,一个是茶。宝玉爱香,喜欢闻香,所以他的房间也是香的,所以会说想要吃薛宝钗的冷香丸,会止不住地闻林黛玉的袖口。宝玉爱茶,有茶的地方就有他,因为爱茶,他甚至把自己最信任的心腹小厮的名字都改了,开始的时候叫作茗烟,后来就叫焙茗了,名字都跟制茶有关,由此可见他对茶的热爱。贾宝玉是一个很喜欢改名字的人,袭人的名字是他改的,焙茗也是,还有芳官等好多奇奇怪怪的名字。如果不是因为他的身份、他的家庭不允许他改名字,恐怕他的名字也有千千万了,就比如他的号,一会叫作绛洞花主,一会又叫怡红公子,随性得很。

再回到茶祭,晴雯是宝玉最喜欢的丫头之一,可也就是因为他的喜爱,将晴雯鲜花一样的生命给葬送了,死的有些见不得人,所以他不敢明目张胆地悲伤,更不敢在大庭广众之下拜祭,于是就有了这么精致的一个茶祭。他以为晴雯是脱身成仙去做芙蓉花神了，所以就在这芙蓉花前，备好笔墨冰鲛与清茶，还有一些她喜欢吃的吃食，在黄昏的时候为她写文，为她落泪，为她做了最后一件事情——茶祭。

其实茶祭并不是曹雪芹发明的，茶叶一般都被当作祭品，或者是陪葬品之一。茶祭的灵感来自于以茶代酒的习惯，早在清朝的时候就已经有了。在宫廷祭祀中，皇室祭祀祖陵的时候，茶叶是一定要有的。据载同治十年冬至大祭时即有"松罗茶叶十三两"，在光绪五年岁暮大祭的祭品中也有"松罗茶叶二斤"的记述，而在中国民间则历来流传着以"三茶六酒"（三杯茶、六杯酒）和"清茶四果"作为丧葬中祭品的习俗。贾宝玉的这场小型茶祭用的就是清茶四果，很简单，但是特别有意境。在我国广东、江西一带，清明祭祖扫墓时，就有将一包茶叶与其他祭品一起摆放于坟前，或在坟前斟上三杯茶水祭祀先人的习俗。

茶叶作为陪葬品的历史就要比茶祭更加久远了，从长沙马王堆西汉古墓已经知道，中国早在两千一百多年前就已将茶叶作为随葬物品。古人认为茶叶有洁净、干燥的作用，茶叶随葬会有利于墓穴吸收异味，有利于遗体保存。

品一段红楼 饮一杯香茗

在民间多种多样的丧葬习俗中，茶与丧祭的关系也是十分密切的，"无茶不在丧"的观念在中华祭祀礼仪中已根深蒂固。

以茶为祭，可祭天、地、神、佛，也可祭鬼魂，因此上到皇宫贵族，下至庶民百姓，在祭祀中都离不开清香芬芳的茶叶。茶叶不是达官贵人才能享用，用茶叶祭祀也不是皇室的专利，无论是汉族还是少数民族，都在很大程度上保留着以茶祭祀祖宗神灵，用茶陪丧的古老风俗。

用茶作祭，一般有三种方式：以茶水为祭，放干茶为祭，用茶壶、茶盅随葬。

茶在中国的丧葬习俗中，还成为了重要的随葬品，很多地方都有不同的风俗习惯，但他们都会将茶当作陪葬品，只是对于茶叶的使用会有一些差异。

在中国湖南地区，旧时盛行棺木葬，死者的枕头要用茶叶作为填充料，称为茶叶枕头。茶叶枕头的枕套用白布制作，呈三角形状，内部用茶叶填充（大多用粗茶叶）。死者枕茶叶枕头的寓意，一是死者至阴曹地府要喝茶时，可随时取出泡茶；二是将茶叶放置棺木内，可消除异味。

在我国江苏的部分地区，在死者入殓时，先在棺材底撒上一层茶叶、米粒，至出殡盖棺时再撒上一层茶叶、米粒，其用意主要是起干燥、除味作用，有利于遗体的保存。

丧葬时用茶叶，大多是为死者而备，但中国福建福安地区却有为活人备茶叶的习俗，即悬挂"龙籽袋"的习俗。旧时福安地区，凡家中有人亡故，都得请风水先生看风水，选择"宝地"后再挖穴埋葬。在棺木入穴前，由风水先生在地穴里铺上地毯，口中则念念有词。这时香火缭绕，鞭炮声起，风水先生就将一把把茶叶、豆子、谷子、芝麻及竹钉、钱币等撒在穴中的地毯上，再由亡者家属将撒在地毯上的东西收集起来，用布袋装好，封好口，悬挂在家中楼梁式木仓内长久保存，名为"龙籽袋"。龙籽袋据说是象征死者留给家属的"财富"，因茶叶历来被认为是吉祥之物，能驱妖除魔，并保佑死者的子孙消灾祛病，人丁兴旺。豆和谷子等象征后代五谷丰登、六畜兴旺，钱币等则示后代子孙享有金银钱物、财源茂盛、吃穿不愁。

古往今来，中国都有在死者手中放置一包茶叶的习俗。像安徽寿县地区，人们认为人死后必经孟婆亭饮迷魂汤，故成殓时，须用茶叶一包，并拌以土灰置于死者手中，这样死者的灵魂过孟婆亭时即可不饮迷魂汤了。

品一段红楼
饮一杯香茗

而浙江地区为让死者不饮迷魂汤，要先用甘露叶做成一菱形状的附葬品，再在死者手中置茶叶一包。认为死者有此两物，死后若口渴，有甘露、红菱，即可不饮迷魂汤。

至此，红楼与茶的内容全部结束了。其实，喝茶是很雅俗共赏的一件事。开门七件事，柴米油盐酱醋茶，中国人离不开茶，中国人的成长更离不开茶文化的熏陶。茶融进了我们的生活，更融进了我们的血液。